「だめだよ。　もう逃がさない」

　逃げ腰になるジブリールをやんわりと、けれど強く押さえ込み、ユーディウは耳に囁いてきた。

「私の子を産むんだ」

（王子の……子）


（本文より）

BBN
B•BOY NOVELS

アルファ王子の陰謀
~オメガバース・ハーレム~

鈴木あみ
イラスト／みずかねりょう

この物語はフィクションであり、実際の人物・
団体・事件等とは、一切関係ありません。

CONTENTS

アルファ王子の陰謀 ～オメガバース・ハーレム～

プロローグ

孔雀宮《カスル・ターウース》——孔雀が羽をひろげたようなかたちを持つ白亜の宮殿に、それぞれに母親の違う八人の王子たちが集められていた。

美しいタイルで装飾された謁見《えっけん》の間の玉座を前に、彼らは跪《ひざまず》いて父たる王の到着を待つ。

（父上は何の用件で、私たちを呼ばれたのか……）

アルファ第四王子ユーディウは、頭を伏せたまま思いを廻《めぐ》らせた。

予想していたよりずいぶん早すぎるが、顔ぶれを見ればだいたいの想像はついてしまう。

人の性別は、第一性別としての男女、そして第二性別として、それぞれアルファ、ベータ、オメガの六種類に分けられる。

父王には数多《あまた》の王子王女たちがいるが、その中でも、ここにいるのはアルファの王子ばかりだったからだ。

もともと孔雀宮で暮らしている者は勿論《もちろん》、領地に住まう者や留学先の大学に通う者まで、すべて呼び戻されていた。——ただ一人を除いて。

やがて側近とともに、父王が謁見の間に姿を現した。

「頭をあげよ」

玉座に座り、彼は言った。

王子たちが顔をあげる。

アルファ第一王子イマーン、第二王子ニザール、第三王子サイード、第四王子ユーディウ、第五王子コルカール、第六王子ロロ、第七王子ナバト、第八王子ハディ。

「今日、余《よ》の息子たちの中でも、おまえたちアルファの王子だけを呼んだのは他でもない。世継ぎについて言い渡すことがあるからだ」

ある意味、予想通りの言葉だった。

だが、やはり早すぎる。世継ぎは決めておくに越したことはないが、父王はまだ壮年だ。

（御体調でもすぐれないのか、それとも他に理由があるのか）

父王は続けた。

「おまえたちも知ってのとおり、我がオルタナビア王国の王位は、必ずアルファ男子の王子によって継がれねばならない。つまり、おまえたちのうちの誰かが後継者となる」

オルタナビアの玉座は、千年以上そうしてアルファの男子だけで、脈々と受け継がれてきたのだ。

「アルファの男子を儲けよ」

と、彼は言った。

「王統の継続は最優先事項である。よって、おまえたちの中で、最初にアルファの男子を産ませた者を、王位継承者とする」

その宣言に、吐息によるどよめきが起こった。

玉座を継ぐのは誰か、この場で指名されるのだと思っていた。そしてその名前は、第一王子イマーンだと思っていた。

だが、違った。

子供の性別は、生まれたときに判明する。だが第二性別は、少なくとも生後十年以上はたたないと判明しない。

この早すぎる宣言は、それを計算に入れてのことなのだろう。

「余の話は以上だ」

散るがよい、と父王は言った。

「各翼《かくよく》に戻って、一刻も早くオメガを集めよ……！」


「父上は賢明でいらっしゃる」

謁見室をあとにすると、口火を切ったのはアルファ三番目の兄、第三王子サイードだった。黒髪の美丈夫、見た目どおりに快活でリーダー気質の彼は、会話の中心になることが多い。ユーディウにとっても話しやすい相手だが、玉座を廻る強力なライバルでもあった。

「やる気のない長男に玉座をやる愚を犯さなかったのだから。——まあ、父上御自身も長男ではなかったしな」

「そんなこと、わかんねーだろ？」

対照的な金髪の長兄、第一王子イマーンが、王家の者としては砕けすぎた口調で飄々《ひょうひょう》と答えた。

「俺がアルファの男子を産ませるかもしれない」

「兄上にそんなお気持ちが？」

問い返したのはサイードだったが、長兄の言葉はユーディウにとっても意外なものだった。やる気のない長男と評された通り、イマーンには玉座を希《のぞ》む気持ちなどない——少なくとも希薄だと思っていたからだ。

「オメガもいないのに？」

アルファの男子はとても生まれにくい希少な存在だ。だがその中でも、比較的生まれやすい条件がいくつかある。

その一つが、両親がアルファ男子とオメガ男子の組み合わせであることだった。

父王がオメガを集めよと命令した理由はそこにある。

普通、王室にはアルファの王子は一人か、せいぜい二人程度しか生まれない。にもかかわらず、父王だけがアルファの王子を九人も得ることに成功したのは、彼が多数のオメガを手に入れ、後宮《こうきゅう》に囲ったからなのだ。

だがオメガもまた非常に稀《まれ》な存在であり、その人口比はアルファと変わらない。オメガの男子に限れば、更に半分になる。庶民の場合は差別を恐れて家の中に隠されていることも多く、見つけ出すのも難しい。しかもこれからは、この八人の王子たちでの争奪戦になるのだ。

だが、イマーンには自信があるようだ。

「オメガのあてならある、と言ったら？」

「へえ……」

サイードが軽く眉《まゆ》を上げる。

「どこに？」

「言うわけねえだろ。これからは、おまえたち皆がライバルなんだから。俺はむしろ父上には感謝してるくらいなんだぜ。ただ長男だというだけでなく、正々堂々と王太子《おうたいし》の座を手に入れることができるんだからな」

（イマーン兄上にそれほどの玉座への渇望があったとは……）

ユーディウは少なからず驚いた。サイードや他の王子たちも同じだっただろう。軽薄な仮面の下に、いつのまにそんな野望を育てていたのかと思う。

「そういうおまえはどうなんだ？」

と、イマーンはサイードに問い返した。

「俺？　いくらでも掻《か》き集めるさ。うちには精鋭部隊がいる」

「――そう簡単にオメガが見つかるとでも思ってるのか？」

蔑むような笑いとともに、口を挟んだのはアルファ第二王子ニザールだった。

「まだ捕獲したわけじゃないんだろう。イマーン兄上にしたって、あてがあるというだけではな。しかも一匹捕まえたくらいでどうなるものだか。それにくらべて我が二翼には、既に八匹のオメガがいる。俺の勝ちは決まったようなものだな」

ニザールの言葉に、やれやれ……と、ユーディウは心の中で肩を竦《すく》めた。

ライバルたちを前に、情報を自分から晒《さら》すとは。

（変わらないな）

この兄の浅はかさは。

しかも、その八人のオメガにしても、側近であり彼の母の兄でもあるオマー大臣が掻き集めてきたに決まっているのだ。彼自身には、そんな才覚などありはしないのだから。

つい苦笑を漏《も》らすと、ニザールはすぐにそれを聞き咎《とが》めてきた。

「何だよ、さっきから黙って聞き耳立てやがって、言いたいことがあるならはっきり言えよ！」

「いやいや、言いたいことというほどでは」

ユーディウは笑みを浮かべた。幼女から人妻、果ては死にかけの老女まで、どんな女性でも魅せられない女はないと言われるほどの艶《あで》やかな微笑だが、ニザールには効果がなかったようだ。

「おまえだって女の尻ばかり追いかけてるようじゃ、アルファの男子は生まれないんだからな。ざまあみろ……！」

「ご忠告いたみいります。ただ……兄上も、八人もオメガを手に入れていらっしゃるにしては、まだ一人の男子――否、女子さえも生まれてはいない御様子」

「……っ」

その言葉に、ニザールは詰まった。痛いところを突かれたのだろうか。ぎり、と音がしそうなほど、唇を噛《か》みしめる。自分の感情を隠すことができない、子供っぽい兄でもあるのだった。

他の兄たちは、それを見て声を立てて笑った。

「下手《へた》だからじゃね？」

「いや、失敗しがちなのかもしれないぜ？　何ごとも素早いみたいだからな」

「もてないからじゃないですか？　まずはオメガに好かれないと」

ついユーディウも二人に便乗する。

オメガは感情の生きものだと言われる。オメガが性的に感じれば感じるほど、そしてまたアルファを恋い慕えば恋い慕うほど、子供が――特にアルファの男子が生まれやすいとも言われているのだ。

「そんな話は迷信だ……！」

ニザールが遮った。

「オメガなんて下等生物に振り回されるなんて、馬鹿じゃないのか!?」

（――たしかに迷信かもしれないが……）

科学的に証明されたことでも、また簡単にできることでもない。

だがユーディウはそれを信じていた。少なくとも、オメガがアルファに愛を捧げていることは、重要な条件なのだと。

（……でなければ、母は……）

「言い過ぎでしょう」

ユーディウは兄を窘《たしな》めた。

「我らもまた、オメガの胎《はら》から生まれたのだということをお忘れなく」

「！　俺の母上は別だ……！　俺の母は、オメガと言っても貴族の娘なんだからな……！」

声を荒らげて怒鳴る。

そんな兄たちの会話を、下の弟たちは遠巻きに聞いていたけれども。

「なんだよ、その目は……！」

ニザールは、ユーディウのすぐ下の弟、アルファ第五王子コルカールに食って掛かった。

この弟の母親だけは、オメガではなかった。しかも父の正王妃《せいおうひ》であるアルファ女性なのだ。

王はオメガや女の妾《めかけ》を後宮に囲うのとは別に、自分と同じアルファの正妃を娶《めと》るのがしきたりとなっている。この正式な夫婦のあいだにアルファの男子が生まれることなど滅多にないが、皆無というわけではなかった。それをこの弟が証明していた。

母の出自を誇るニザールは、この弟の存在にもコンプレックスを感じているのだろうか。

「僕は、別に何も……」

コルカールは細い声で答えた。

見た目も華奢《きゃしゃ》なら声も小さい。黒髪のせいもあるのか、やや陰鬱《いんうつ》にも見える。この弟がアルファだと知ったときはひどく驚いたものだった。アルファというものは、ベータやオメガより体格がよく、どちらかといえば陽気なことが多いからだ。

「ああ!?」

今にも無駄に摑《つか》みかかりそうなニザールを止めようとして、ユーディウは少し躊躇《ちゅうちょ》した。コルカールには、昔から避けられているような節があったからだ。たすけ船を出したりしたら、よけいなお世話だと思われそうな気がして。

「まあまあ、ニザール兄上」

そんなユーディウより先に割って入ったのは、アルファ第七王子ナバトだった。まだ成人の儀も終えてはいないのに、華奢なコルカールよりアルファらしく、だいぶしっかりして見える。今はまだ幼さが残るけれども、二、三年のうちには侮れない偉丈夫に育ちそうな気がする。

「王太子争いなんて、僕らには割と他人事《ひとごと》なんですから」

ねえ、と同意を求めると、コルカールは曖昧《あいまい》に頷《うなず》いた。実際に玉座に興味がないかどうかは微妙なところだとは思うけれども……コルカール自身はともかく、彼の母である正王妃は。

「そもそも僕なんか七番目だから玉座を継ぐなんて考えたこともなかったし、まだ学生の身だし、オメガを捕まえてアルファの男子を産ませろなんて言われても」

「そうですよね……ナバト兄上はまだしも、僕なんかまだアルファだってわかったばっかりで、その実感もないくらいですしね……」

と応じたのは、末のアルファ第八王子ハディだ。こちらはまだ可愛《かわい》らしいばかりである。後継者が人柄で選ばれるわけではない以上、警戒しなければならないことにかわりはないのだが。

「僕も、王太子争いなどに興味はないいな。まったく、こんな用件で呼び戻されるとは、時間の無駄もいいところだ」

アルファ第六王子ロロも、眼鏡《めがね》を直しながらそう言った。国外に留学中の彼は、相変わらず学問にしか興味がないらしい。

「これで失礼する。今日中に大学へ戻りたいので」

「もう？」

「ひさしぶりに王都に帰ってきたんだから、一晩ぐらいゆっくりしていけばいいだろう」

ユーディウや兄たちは口々に引きとめたけれども、ロロはにべもなかった。

「六翼に戻ってももう母上もいらっしゃらないし、大学では大事な研究が僕を待っているんです。――では、失礼」

まったく名残《なごり》を惜しむでもなく、ロロはひらりとマントを翻した。

「じゃあ俺も。帰ってオメガを捕まえないとな」

続いて第三王子も本宮をあとにする。

そこで数年ぶりの王子たちの邂逅《かいこう》はあっさりお開きとなった。

1

「まさか、失敗しましたで済むとは思ってねーよな？」

野盗たちの首領に蹴《け》り飛ばされ、ジブリールはアジトの地面にうずくまった。

「あれだけの大口叩《たた》いておいて……！」

「……っ!!」

再び殴られる。

――これくらいの仕事、俺一人でやれる！　そのかわり、成功報酬も全部俺のもんだからな！

確かにそう大見えを切って今回の仕事を手に入れた。けれど本当のところ、ジブリールはもともとそれほどの自信があって口にしたわけではなかったのだ。

ただ必要に迫られて、どうしても報酬が欲しかった。「発情抑制剤」を買うための。

オメガの発情を抑える薬は一般には流通していない。そのため、庶民が手に入れようと思えば闇で購入するしかなく、当然その対価は目の玉が飛び出るほど高かった。

（……でも、あれがないと）

あと数日もすれば、また発情がはじまってしまう。それだけは避けたかった。

だからどうしても薬が必要だったのだ。

ジブリールが初めて発情を経験し、自分がオメガであることを知ったのは、今から半年ほど前のことになる。

それまでは、自分がベータではないかもしれないなんて、考えたことさえなかった。アルファ同様、オメガもまた希少種であり、滅多に生まれるものではなかったからだ。実際、ジブリールはオメガに出会ったことはただの一度もなかった。

ジブリールは、オルタナビア国教の導師を務めるベータの両親のもと、十人もいる兄弟姉妹たちもすべてベータという平凡な家庭に生まれた。

法律では、十代半ばまでに第二性別検査をすることが義務づけられているのだが、ベータ夫婦の子供はほとんどすべてベータになるという油断から、高価な検査を受ける者は庶民には少ない。ジブリールの家もそうだった。

兄弟姉妹たち同様、ジブリールも検査を受けなかったが、第二次成長期を過ぎても何の兆候も現れなかった。

それが普通だし、何の問題もないと思っていた。

(あの日の昼間までは、本当に平和だったのに)

懐かしい日々は、繰り返し瞼《まぶた》に蘇る。


ジブリールはいつものように市場に買い出しに行き、いつものように両手に山のような食料を抱えて、家路を急いでいた。幼い弟妹たちを抱えた子だくさんの家庭では、食べ物はいくらあっても足りないくらいだった。

「ジブリール！」

顔見知りの店主が声をかけてくる。あの日の回想は、何故《なぜ》だかたいていここからはじまってしまう。

「柘榴《ざくろ》のいいのが入ってるよ。買っていくだろ？　たっぷりおまけしてやるからさ」

もう荷物は手一杯だ。だがたしかに艶々としたいい柘榴だったし、おまけしてもらえるのはたすかる。

(お母さんにジュースにしてもらおう)

母のつくってくれる蜂蜜を入れた柘榴ジュースは、頬《ほ》っぺたが落ちるほど絶品なのだ。

「ありがとう！」

交渉の末、持てなくなるほどのおまけをつけてもらう。

そして歩きだそうとして、ふと足を止めた。ふわりと、何かいい匂いがしたような気がしたからだ。

(なんだろう?)

なんとなく気になって、ジブリールは周囲を見まわす。

その視界に、ふいにひとりの男が飛び込んできた。

(あ……)

知らない男——でも、見たこともないくらい綺麗《きれい》な男だった。

凜《りん》とした眉にやや目尻の下がった、けれど鼻筋の通った精悍《せいかん》な顔立ちをして、頭布《ずきん》から零《こぼ》れた金髪が陽に透けてきらきらと輝いていた。

ひと目で身分のある人なのだとわかる。他の者たちと一見同じようなトーブに身を包みながら、彼だけはまるで雰囲気が違っていた。容姿の美しさもさることながら、振る舞いがどこか優雅で気品があった。

どこかの名家の子弟だろうか。後ろに二人従え、本人は店の売り娘に気さくに話しかけていた。

「ユーディウ殿下《でんか》だな」

ジブリールの視線を追った店主が言った。

「え」

その名には、聞き覚えがあった。

高貴な身分にもかかわらず城下にしばしば姿を見せ、女性にやさしく、庶民とも交流する気さくな性格から、「孔雀宮の華」とも称され慕われるアルファ第四王子。その名が、たしか——ユーディウ。

(……綺麗な名前)

「輝き」をあらわす名は、彼の眩《まぶ》しさそのもののようにも思えた。

(あれが王子……)

噂《うわさ》には聞いていても、遭遇するのは初めてだった。男でもこんな綺麗な人がいるのかと、ジブリールはただ彼を見つめた。見惚《みと》れていたと言ってもよかったかもしれない。彼はたしかに二つ名にふさわしい華やかさを振りまいていた。

（孔雀宮の華か……）

彼が売り娘に何か囁《ささや》く。彼女がぽっと目許《めもと》を染めたのが、頭を覆う布の隙間からでも見てとれた。

ジブリールは無意識に少しだけ眉を顰《ひそ》める。

導師の家で、清く正しくを信条として育てられてきたジブリールには、道端で女性の顔を赤らめさせるようなことを囁くのは、やや不道徳にも思えた。

（気さくっていうか……軽いのか）

吸い寄せられてならない視線を、ジブリールはようやく彼から引き剝《は》がした。

それでもまだ後ろ髪を引かれるような気持ちを振り払い、家路へと戻る。

（今日は暑いな……）

いつだって暑いのはあたりまえだが、今日はちょっとひどかった。汗ばむ額を拭いたくても、あいにく両手が塞《ふさ》がっている。

（ちょっと欲張り過ぎたかな）

けれども弟妹たちの喜ぶ顔を思えば、たいした苦労でもない。どうせ家までもうちょっとだ。

とはいうものの、少しでも日陰に入りたくて、ジブリールは建物の傍《そば》へ寄ろうとする。

その瞬間、くらりと眩暈《めまい》がした。

あとから思い出してみればこのふらつきは、既に発情の前兆だったのかもしれない。けれどもこのときは、そんなことは思いつきもしなかった。

身体が傾《かし》ぎ、柘榴が袋から零れる。拾おうと手を伸ばしたが、届かなかった。そのまま地面に激突する、と覚悟する。

だが、その衝撃は訪れなかった。

かわりにふわりと何かとてもいい匂いがして、たまらない気持ちになる。この匂いは、先刻感じたのと同じものだ。

（あ……）

ぎゅっと閉じた瞼を開ければ、目の前にあの王子の顔があった。

(孔雀宮の華……!)

やはりあの匂いは彼のものだったのだ。

間近で見ると、彼の美しい顔はますます美しく見えた。

「お……王子……っ」

思わず声をあげると、彼は微笑した。やさしくて、それでいて大輪の赤い花がひらくように鮮やかな笑顔だった。

いっそう匂いを強く感じた。

(……いい匂い)

香料でも使っているのだろうか。ひどく惹きつけられる。それは今までジブリールが嗅《か》いだことのない類《たぐい》のものだった。

(……なんだろう?)

包まれていると、ふわふわと身体が浮き上がるような快ささえ覚える。

また暑さが増した気がした。


「大丈夫?」

「はい……」

言葉は同じオルタナビア語でも、発音がひどく違うのが、階級の違いをあらわしていた。気がつけば、肌にふれるトーブの生地も蕩《とろ》けるようなしなやかさだった。

抱き起こされ、柘榴を手渡される。

転がり落ちた他の品物も、彼の従者たちが拾い集め、元どおり袋に入れてくれた。

「ずいぶんたくさんあるんだね」

「あ……うち、家族多いので……っ」

「そう。いいな」

「あの……っ」

さらりと立ち去ろうとする彼を、ジブリールは反射的に呼び止めた。

「……ありがとうございました……っ、これおひとつどうぞ!」

柘榴を差し出す。

思わずそうしてしまってから、ジブリールははっとした。こんなもの、高貴な身分の王子が喜ぶわけないのに。

王子は目をまるくする。ジブリールは急に恥ずかしくなって、慌てて引っ込めようとする。

「ありがとう」

けれども彼は一瞬早く、ジブリールのてのひらから柘榴を取りあげていた。

「あ……」

微笑を残し、さらりと去っていく。ジブリールは彼の背中を、呆然《ぼうぜん》と立ち尽くし、見送った。

(本物の王子に会ってしまった……)

眩しいくらいきらきらしていたと思う。

(軽薄だなんて思って悪かったかな。……親切な人ではあるんだよな……)

帰ったら、家族に話してあげよう。

そんなことを考えながら、ちょっと得をしたような気持ちで、ジブリールは帰宅した。


けれども家に帰って涼んでも、妙な火照《ほて》りや体調の悪さは、いっこうに引いてはくれなかった。それどころか急激に激しさを増していた。

幸か不幸か、たまたま家に誰も家族はいなかった。

ジブリールは兄弟たちと共用の自室で、倒れるようにベッドへもぐり込んだ。

「……っ……」

吐息が零れた。

(なんで、こんな)

特別なきっかけなどなかった、と思う。なのに、ジブリールのまだ幼さを残した性器はかちかちに勃《ぼっ》起《き》していたのだ。

(どうして)

恐る恐る熱の中心へと手を伸ばす。こんなことをしたことは、これまで数えるほどしかなかったのに
――けれどもどうしても我慢できなかった。

「……あっ……」

ふれた瞬間、その部分の熱さに慄《おのの》いた。同時に小

さく声が漏れた。ジブリールは慌てて唇を噛みしめる。

(……昼間から、こんなこと)

だめだと思っても、手は止まらなかった。

「ん……んッ」

擦《こす》りたてると、あっけないほど簡単に絶頂を極める。

けれどもその衝動は、一度慰めたくらいで治まることはなかった。続けて二度もすることに躊躇《ためら》いを覚えながら、堪《こら》えきれずにまた手を動かす。そして更に三度目も。

「あぁぅっ——」

これは、変だ。

(——お父さん、兄さん……!)

何が起こったのかわからず、恐ろしくなって、心の中で家族にたすけを求めた。

それまでのジブリールは、年齢の割には性的欲望は薄いほうで、自慰行為などもほとんどしたことがなかったのだ。性に纏《まつ》わることは禁忌に近かったため、導師である父の厳格な教えに従って、なるべく見ぬふりをしていたとも言えたかもしれない。

だが今、ジブリールを襲っている欲望は、見ぬふりなどとてもできないものだった。

「——はあ、ああ、……っ」

気持ちがよくてたまらなくて、どうしても止められない。必死に射精を我慢しようと思っても、できなかった。そのうえイくたびに快感が深くなるようで、ジブリールは次第に夢中になっていった。

(どうしよう、気持ちいい)

そしてそれは性器の快楽だけでは済まなかったのだ。

後ろの孔《あな》が、じくじくと疼《うず》きはじめた。

最初は気のせいだと思おうとした。けれど疼きは激しくなるばかりだった。ぱくぱくと開閉しているのが、自分でもわかる。

(嘘《うそ》……どうして)

そんなところが。

恐る恐るふれてみれば、そこはべっとりと濡《ぬ》れていた。

(あ……なんで、お尻が)

「んっ……」

ふれた指を咥《くわ》えようと、後孔が収縮する。ジブリールは誘われるように指先を挿入した。

「ふあ……っ」

その途端、信じられないような声が喉《のど》から零れた。

(こんな……凄《すご》い)

孔は蜜を溢《あふ》れさせ、中がずきずきするほど熱を持つ。そんなところを弄《いじ》るのは、普通の自慰以上に抵抗があった。

(だめ……いやだ)

そう思うのに、我慢できない。

ジブリールは自身を扱《しご》きながら、指を後ろへ出し挿《い》れした。

「ん、……んん、んぁ……っ」

だがそれではすぐに満足できなくなってくる。

(もっと、奥……奥まで、したい)

疼きの根源には、指ではまるで届かなかった。ジブリールの孔は、じくじくと更に濡れてくる。

そんなときだった。

ガタン！　と扉の開く音がして、ジブリールははっと顔をあげた。

「に、兄さん……っ、ハサム……っ」

長兄と弟だった。

二人は呆然と立ち尽くし、驚愕《きょうがく》に顔を歪《ゆが》めていた。

見られた、と悟り、羞恥《しゅうち》で燃えるように顔が熱くなった。反面、この異常事態からたすけてもらえるかもしれないと、一瞬期待する。

だが、そうはならなかった。

兄が食い入るような目をジブリールに据えたまま、大股で近づいてきた。

そして布団を乱暴に捲《まく》り上げたかと思うと、息を乱して覆い被《かぶ》さってきたのだ。

「兄さん……!?」

わけがわからなかった。

いつもは穏やかで優しい兄が、まるで鬼のように見えた。

「やだ、ハサム助けて……!!」

ジブリールは弟にたすけを求めた。だが弟は硬直したままだった。弾《はじ》かれたように動き出したのは、兄の命令を聞いてからだった。

「腕を押さえていろ……!」

「でも……っ」

「こいつは悪魔だ!! 早くしろ……!!」

(悪魔……!?)

何を言われたのかわからなかった。兄は何をしようとしているのだろう?

戸惑ううちにも、ベッドに上ってきた弟に頭の上で手首を押さえつけられた。

「人間の男を誘う悪魔め……!」

と、低く呻《うめ》くように兄は言った。

「退治してやる……!!」

兄はジブリールの両脚を抱え上げると、そのあいだに腰を割り込ませてきた。そして下着をずり下げる。

屹立《きつりつ》が視界に入り、ジブリールは息を呑《の》んだ。

子供の頃から何度も一緒に入浴したり、裸を見たことはある。けれどもこんな状態になったものを見るのは初めてだった。

「兄さん……!! いやだ!!」

「これが欲しいんだろう!?」

ジブリールは激しく首を振った。だが兄は容赦なくジブリールの中に突き立ててきた。

「いやだ……!! あああ……っ」

濡れた孔は、ずぶずぶとそれを受け入れてしまう。そのまま揺さぶられ、身体が二つに裂けるかと思うほどの痛みがジブリールを襲った。

けれども同時に、たまらなく気持ちがよかったのだ。指を挿れたときの比ではなかった。

「やだ……!!」

いやだ、気持ちいい、いやだ……！

快感に飲まれそうになりながら、ジブリールは何度も必死で訴えた。

「兄さん、やめて、正気に返って……!!」

（誰かたすけて……!!）

開いたままになっていた扉に人影を見つけたのは、そのときだった。

「父さん……!!」

父が来てくれた以上、これで今度こそたすかる！

そう思った。

父はジブリールの上から、兄を引き起こし、殴り飛ばした。その瞬間、兄の性器からぴゅっと精液が飛んだ。

ジブリールは思わず目を逸《そ》らす。

だが、ほっとできたのはその一瞬だけだったのだ。

ジブリールの身体には、すぐに再び重みがかかってきた。

「!? 父さん……!?」

のしかかってきたのは父だった。

彼はジブリールの声などまるで聞こえていないかのように、自分の服を捲り上げる。導衣の下に穿《は》いた下着を引き下ろす。

「やめて、父さん……!! ハサム、手を離して、父さんを止めてぇ……!!」

「あなた、何をしているの……!?」

女性の金切り声が響いた。

「お母さん……!!」

母が帰宅したのだ。

ああ、これで本当に、本当に今度こそ救われる、とジブリールは思った。

けれどもそうはならなかった。

駆け寄って父を退《ど》けようとした母を、父は跳ね飛ばしたのだ。穏やかな父が、母に乱暴を働くのを見たのは、これが初めてのことだった。

父がジブリールに兄と同じことをする。

狂乱ははじまったばかりだった。


（……あんなことになるまでは、オメガという存在自体が遠いものだったのに）

それから何日か過ぎ、すべてが終わったとき、世界は一変していた。

いつのまにか裏の納屋《なや》に放り込まれ、泥のように眠っていたジブリールは、錠を外す重い鉄の音で目を覚ました。

まだ朝日も射さない薄暗い小屋に、姿を現したのは母親だった。

――お母さ……

呼びかけようとしたジブリールから、母は目を逸らす。明らかな拒絶だった。

彼女は言った。

――出ていって欲しいの
ジブリールは殴られたような衝撃を受けた。
――……オメガになったのはおまえのせいではないけれど、お父様は導師です。……子供にオメガが出たなんて知れたら、何を言われるか。……わかるでしょう
この世には、オメガという第二性別がある。
だが、一般庶民のほとんどがベータである世界では、オメガは得体のしれない蔑みの対象であり、淫《みだ》らな悪魔として忌《い》み嫌われる存在でもあったのだ。
そんなものを導師の家には置いておけない。
母の言い分は、わからないではなかったけれども。
――お……お母さん
信じられなかった。つい数日前まで心から慈しんでくれていた母が、こんなふうに豹変《ひょうへん》するなんて。
――お願い、追い出さないで……！　これからは気をつけるから……だから
気をつける、と言ったって、どう気をつけたらい

いのか。自分の意志で発情をコントロールできるはずがない。

わかっていたけれども、ジブリールは必死で縋《すが》った。思わず手を伸ばす。

――さわらないで!!

その手は、思いきり払いのけられた。汚いものでもさわったかのように、母はジブリールがふれた手を服で何度も擦った。

――家に置いておけるわけがないでしょう!! おまえのせいでお父様が……アブドラやハサムまであんな……っ
わなわなと震える声からは、母親がジブリールに感じている生理的嫌悪感が痛いほど伝わってきた。

ジブリールのことが、夫を、息子たちを狂わせた悪魔に見えているのだ。もう彼女にとってジブリールは可愛い息子ではない。ゆるしがたい悪魔なのだ。

――弟や妹たちの教育にも悪いわ。皆が起きる前に出ていって。できるだけ遠いところに行ってちょうだい
――そんな、お母さん、せめて……

別れの挨拶くらいさせてはもらえないのか。

そう言いかけたジブリールの言葉を、母は遮った。

――さあ早く……!

布袋を乱暴に押し付けてくる。ジブリールの私物を無造作に詰め込んだものだった。

夜明け前、ジブリールは家を逐《お》われた。

こんなことになるなんて、ほんの十日前までは想像さえしたことがなかった。

それなのに。

(……オメガだったというだけで)

家族でさえこんなにも変わってしまうのか。

(好きでオメガになったわけじゃないのに……!)

呆然としたまま、それでも母の言うこともわからないわけではなかった。

オメガの息子がいては、導師の家はやってはいけない。家族のことを思えば、近くに留まっているわ

けにもいかなかった。あんな目に遭っても、ジブリール自身は家族への愛を簡単に棄《す》てることはできなかったのだ。

ジブリールは、知り合いに会わない遠くの街へ、ふらふらと移動した。

空腹に何度かパンを買えば、わずかに入っていた金はすぐに使い果たしてしまった。仕事も見つからず、どうやって生きていけばいいかわからなかった。生きていきたいのかどうかさえわからなかった。

（……生きてなんかいたくない）

このまま三ケ月したら、また発情期が来てしまう。二度とあんな、獣のように男を求めることなど絶対にしたくなかった。

その前に死んでしまいたい。

金を使い果たすと、ジブリールは川に身を投げた。けれども、簡単に死ぬこともまた、できはしなかったのだ。

ジブリールをたすけたのは、野盗の一味に身を置く男だった。男は言った。

――おまえ、オメガだろう？

見た目だけでそんなことがわかるのだろうか。ジブリールは愕然とした。

――身体見りゃわかるよ。乱交好きってわけでもなさそうだし、にもかかわらず輪姦《りんかん》されたと思《おぼ》しき痕跡があり、孔が裂けてるわけでもないとなったらな

気を失っているあいだに全身を調べられていたのか。羞恥と怒りで全身がかっと赤く染まる。男は薄く笑った。

――薬を買いたければいい仕事がある

――薬……!?

――知らないのか？　発情抑制剤さ

発情抑制剤……！

知らなかった。そんなものがあるなんて。

そのことに限らず、ジブリールはそれまでオメガの性質についてなど、何も知らなかったのだ。オメ

ガがどれほど蔑まれ、汚らわしいものとして低く扱われる存在なのか知らなかったのと同じように。

今ようやく、ジブリールはそのことを身をもって理解しようとしていた。

——ただし、闇でしか流通してねーからな。物凄く高いぜ

——……いくらくらい……？

男の答えは、ジブリールにとってあまりにも法外な金額だった。

言葉を失うジブリールに、男は続けた。

——どうしても欲しいなら、仕事を紹介してやるよ。しっかり働けば、次の発情期までには薬を買えるだけの金が手に入るぜ

願ってもない話だった。ただでさえ職に就きたかったのだ。それを紹介してもらえるというだけでもありがたかった。

だが、男に紹介されたのは、堅気の仕事ではなかった。

（……当たり前だ）

短期間で大金が手に入る仕事なんて、ろくなものではないに決まっている。それに、普通の仕事で、いつ周囲を巻き込んで発情するかしれないオメガがそうそう雇ってもらえるわけもなかった。

ジブリールにあたえられた仕事は、盗みだった。

金持ちの家に忍び込んで、金や宝石などを奪うのだ。良心は痛んだが、少しくらい盗んでも、金持ちにとってはたいしたダメージでもないはずだ。そう自分に言い訳した。

盗んだものは男に渡さねばならなかったが、相応の賃金がもらえた。

そして男の用意した部屋で寝泊まりすることもできた。彼は同じような境遇のオメガや孤児を数人抱えており、彼らの生活する寮のような大部屋も所有していたのだ。

その過程で、裏社会には少数ながらオメガが存在していることも知った。ジブリールと同じように実

家を追い出されたり、普通の社会で暮らせなくなった者たちだった。

彼らのほとんどは、発情期には身体を売る仕事をさせられていた。

だがジブリールは、それだけは嫌だった。

そのためにもどうしても薬が欲しかった。

ジブリールは必死で働いた。身の軽さを生かして技術を磨き、多くの金持ちの家に侵入した。

そしてついに、どうにか薬を手に入れて、二度目の発情期を乗り切ることができたのだった。

ねぐらを手に入れ、悪いこととはいえ仕事をすれば、薬で発情を抑えることもできる。

ようやく少しだけ、これからも生きていける気がしてきた。

オメガとしての自分の将来は相変わらず真っ暗で、なんのために生きているのかさえわからなかったけれど。

やはり死ぬのは怖かったのだ。


けれども三度目の発情期を前に、ジブリールは危機を迎えた。

次の薬を買うためにと貯めておいた金を、盗まれたのだ。

(どうしよう)

もう、次の発情期まで長くても十日はない。

追いつめられたジブリールは大見えを切った。

――こんな仕事、俺一人で十分だ。そのかわりギャラも俺のものだからな……!

(……あれが終われば、薬を買う金が手に入るはずだったのに)

最後の最後でドジを踏むなんて。

通報され、何も盗らずに逃げるしかなかった。

手ぶらで戻ると、たちまち首領と手下どもに囲まれた。

「まさか、失敗しましたで済むとは思ってねーよな？　あれだけの大口叩いておいて……！」

首領はジブリールを蹴り飛ばし、何度も殴った。

「儲けそこなった分は、おまえの身体で返してもらうぜ？」

（犯される……！）

そしてその先に待っているのは春をひさぐ仕事だ。発情を抑制することもできず、誰彼かまわず抱かれることになる。

家族が突然獣になってしまった光景が、脳裏《のうり》に蘇った。あんなことだけは、もう二度といやだ。

ジブリールは必死で逃げようとした。

だが、すぐに捕まってテーブルの上に突き倒されてしまう。

「手間、取らせやがって……！」

にやにやと見下ろしてくる首領が恐ろしくてたまらなかった。

手下たちがジブリールの両腕を頭の上で押さえつけた。そんな体勢が、初めてオメガになって家族に犯されたときと重なり、なおさらジブリールを竦ませた。

音を立ててトーブが引き裂かれた。

「は……放せ……っ、やめろぉ……っ！」

叫んでもやめてくれるはずもなかった。

「はん、いやらしい匂いぷんぷんさせやがって、そんなこと言ったってこっちは大洪水だろ……！」

首領は下卑た笑いを漏らしながら、ジブリールの下着を剝ぎ取った。

「ひっ――」

「ほらな？」

（嘘……）

信じられなかった。そんなはずないのに。次の発情期までにはまだもう少しあるし、ならず者たちに押さえ込まれても、嫌悪感だけでまったく興奮しているつもりなどないのに。

そんなジブリールの下半身を見下ろし、彼らは嘲《ちょう》笑《しょう》した。

「これだからオメガってやつは」

それを聞いた途端、ぼろっと涙が零れた。

（こんなの……っ、好きでこうなってるわけじゃないのに……っ）

発情なんてしたくない。

（オメガになんて、なりたくてなったわけじゃないのに）

ただ、運が悪かっただけだ。誰にでも起こりえたはずのことが、たまたまジブリールに降りかかった、ただそれだけのことなのに。

「オメガなんて結局、こうやって誰にでもびしょ濡れになって股をひらく、便所みたいなやつなんだよ」

「そうそう。犯してくださいってな……！」

（ちが）

「……っ……あああ……！」

指を突っ込まれた瞬間、強烈な快美感が背筋を貫いた。そのままぐちゅぐちゅと内部を掻き混ぜられる。

「あ、あっ、あんん、ん……っ」

（違うのに）

犯されたいなんて思ったことなどない。今すぐ解放して欲しい。

満たされない発情の辛さは身に染みているけれど、それでもこんな男たちに輪姦されるのなんか、死んでもいやだった。

なのに、中を乱暴に抉《えぐ》られるとたまらなかった。飛びそうになる意識を必死で繋《つな》ぎ止めようとする。

「あ、あ」

「ほらな。みろよ、この濡れっぷり。女でも見たことねーよ」

「こっちもびんびんじゃねーの。ん？　擦って欲しいか？」

「さ……さわんな……っ」

ジブリールは激しく首を振った。

「そんなこと言っても、ちょっと擦ったらすぐイっちまうんだろ」

「何回擦ったら出るか、賭けるか。勝ったやつに、俺の次に突っ込ませてやるよ」

と、首領は言った。

「乗った！　これじゃ一回もたねーだろ」

「じゃあ二回はもつ」

「三回。頑張れよ！」

首領に促され、一回に賭けた男の手がそこを包み込み、扱きあげる。

「ふあああ……っ!!」

たった一度で達してしまいそうになった。ジブリールは必死で堪える。男が舌打ちした。

「おまえ下手なんじゃねーの？　どけよ」

二回に賭けた男が代わる。

「……っ、あああ……ッ」

ジブリールはどうにか持ちこたえた。

「おまえこそ下手なんだよ」

舌打ちする二人目を、最初の男が揶揄《やゆ》する。

「よくもってるじゃねーか。こっちはもうびしょびしょなのにな」

「ひあ……!!」

首領が中の指をうごめかす。その途端、ジブリールは大きく背を撓《しな》らせた。

「やっぱそっちのが感じるんじゃねえすか？　オメガなんだからさ」

「……っ……」

ジブリールは懸命に喘《あえ》ぎを抑えようとした。気持ちがよくてどうにかなりそうだった。咥え込みたくて、後孔がぱくぱくしているのが自分でもわかる。

（いやだ……）

そういう自分が厭《いと》わしくてたまらなかった。せめていかされたくなくて、必死で堪えた。

「いいから、誰だよ、三回目に賭けたやつ」

「俺っす。くそ、こんなんより早く突っ込みてえ」

言いながら、三人目が擦りあげてきた。

「……っく……あぁぁ……っ」

扉の開く大きな音が響いたのは、そのときだった。

男たちの手が止まる。

（……？）

自分を犯そうとしていた者たちの動揺が伝わってきた。同時に、ふわりと覚えのある匂いを感じる。

（この匂い……知ってる）

微《かす》かな記憶をたどる。まさかと思う。でも。

ジブリールはどうにか瞼を開けてみた。そして零れ落ちるほど瞳を見開く。

霞《かす》む視界の中に、後ろに数人の従者たちを従えて、長身の男が立っていた。

（お……王子……っ!?）

口を突いて出そうな声を、どうにか抑える。彼のまわりだけが、眩《まばゆ》く輝いて見えた。

「……っ……なんで……」

こんなところにユーディウ王子が姿を現すのだろう。

「誰だ!?　おまえ……!?」

男たちはユーディウを知らなかったらしい。にもかかわらず、どこか怯《ひる》んだ気配があった。ユーディウからは、その優雅な物腰とは裏腹な威圧感のようなものが発せられていたのだ。

そのかたちのいい唇が、ゆっくりと開く。

「その子の新しい主人だよ」

（――!?）

ジブリールは耳を疑った。

「金は好きなだけ払おう。このオメガを、私に譲ってくれないか？」

「な……何言って……」

突然の提案に、ジブリールは驚かずにはいられなかった。

（俺を買う……!?　何のために？）

しかも、金に糸目はつけずにだ。

「そいつは剛毅《ごうき》な申し出だけど」

だが、首領は言った。

「金だけじゃないのさ。そいつは俺たちが満足したら、ある男に売る約束になってんだよ」

「ある男？」

「ああ」

首領が答えた名前を聞いて、ジブリールは総毛立った。

その男は、この界隈すべての売春宿の元締めなのだ。そこで身を売るオメガや女たちがどんな過酷な扱いを受けているか、漏れ聞くだけでもぞっとするような恐ろしさだった。

ジブリールが仕事に失敗する前から、彼らはそんなところに自分を売る算段をつけていたのか。

（……あそこで働くなんて）

死んだほうがましだとジブリールは思った。

「今さら売れませんとは言えねーんだよ。こっちはな」

「なるほど」

ユーディウは軽く肩を竦めた。

これで納得して、彼は自分を見捨ててしまうのではないかと思った。不安が嵐のようにジブリールを襲った。

ユーディウの視線がジブリールへと落ちる。

「だってさ。どうする？」

（え……？）

ジブリールは目を見開いた。

（どう……って）

「おまえがたすけて欲しいなら、言ってごらん」

たすけて、と。

彼に縋れば、たすけてくれるのだろうか。

王子が何故ここに現れて、何のために自分を手に入れようとしているのか、まるでわからない。

それでも。

「た……たす、けて……っ」

ジブリールは必死で声を絞り出した。

その途端、花がひらくように、ユーディウの纏《まと》う香りが強くなった気がした。

ユーディウはにこりと微笑《わら》った。そして手を差し伸べてくる。ジブリールもまた手を伸ばした。

「ふざけるな……！」

首領がユーディウの手を振り払おうとする。ユーディウが逆にその手首を摑み、捻《ひね》りあげた。

「うぎゃあ……っ!!」

首領は悲鳴をあげて倒れたが、それで引くわけもなかった。

「あいつをやっちまえ……!!」

手下たちに命令する。

十数人のならず者たちと、ユーディウ、そしてその後ろにいた従者たちの乱闘になった。

(こ……こんな、多勢に無勢で……)

なんとかして加勢したいが、身体に力が入らない。

ユーディウたちは、剣を抜かないまま首領たちを叩きのめしていった。圧倒的な力の差があることが、見ているだけでもわかった。

けれどほっとしたのも束《つか》の間。

ユーディウの後ろに回った男が、どこかから持ち出してきた剣を彼の背中に振り下ろすのが、目に飛び込んできた。

「危ない……!!」

ユーディウたちは敢《あ》えて武器を使っていないのに。

火事場の馬鹿力ということか、動かなかった身体がようやく動いた。ジブリールは必死でテーブルから降り、その転がり落ちるような勢いのまま、男とユーディウのあいだに割って入った。

斬られる……！

そう思った瞬間、ぱっと目の前が真っ赤に染まった。一瞬早く、ユーディウが剣を抜き、男を斬り伏せたのだ。

倒れかけたジブリールを、ユーディウの腕が抱き止める。

「なんて無茶なことを……！」

叱られて、なのに彼の力強い腕の感触に、ほっとする。彼に怪我《けが》はないようだった。

そのまま抱え上げられると、彼にふれた身体の部分すべてが、かっと熱を持つ。

「あとは頼む」

「お任せください……！」

ユーディウは従者たちに命じた。

アジトの外には、白馬の引く二頭立ての大きな馬車が待っていた。

（こ……これ）

見たこともない豪奢なそれに目を見張る間もなく、ジブリールは中へと連れ込まれた。

馬車が走り出す。

ユーディウの肩に凭《もた》れかかり、顔を埋《うず》める。一息ついたら、また熱が上がってきた気がした。

「……っ……」

息が乱れる。先刻、彼らに弄り回されたからというだけでは説明がつかない。やはりもう発情期が来ようとしているのだ。

「苦しいのか？」

と、ユーディウは問いかけてきた。気遣う囁きであるにもかかわらず、耳に吐息がかかるとぞくぞくした。

「……っ……王子……っ」

呼びかけると、ユーディウは軽く目を見開いた。

「私を知っているのか」

その言葉に、胸の奥の何かがしゅっと萎《しぼ》むのを、ジブリールは感じた。

（ああ……やっぱり俺のこと、覚えてないんだ）

あたりまえだ。相手は王子なのだし、一瞬出会っただけの庶民のことなど覚えているはずがない。

けれどもそんな寂しさとは裏腹に、身体は熱くなるばかりだった。このままでは、もう我慢できなくなってしまう。

「お……お願い……っ」

そんな言葉が、ジブリールの口を突いて出た。

「……必ず返すから、お金を貸してく……ください……っ」

「なんのために？」

ユーディウは怪訝《けげん》そうに眉を寄せる。

「……発情抑制剤を、買うのに……」

たすけてもらったばかりか頼みごとまでするなんて、甘え過ぎだと思った。けれどももう、今すぐにでも飲まなければ間に合わなくなってしまう。

それにユーディウの誘うような匂いとやわらかな物腰には、つい甘えを誘発する何かがあった。

だが、ユーディウは言った。

「それはできないな」

ジブリールは息を呑んだ。断られて当然の頼みだったにもかかわらず、裏切られたような衝撃を受けていた。

「もう、発情ははじまっているんだろう？　発情がはじまってから抑制剤を飲むのは、身体に負担がかかる」

「負担なんて……!!」

どうだってよかった。発情を止めることができるなら。

「だめだ」

ジブリールは必死に訴えたが、ユーディウの答えはにべもなかった。

その横顔を見上げると、絶望に涙が溢れた。

抱き寄せられ、ジブリールはユーディウの胸に頭を伏せた。

「孔雀宮へ急いでくれ」

ユーディウは馭者《ぎょしゃ》に言った。

（カスル・ターウース……）

この国の王宮の名だった。

（この人は、本当にこの国の王子様なんだ）

今更のように実感する。

「……王子……」

掠れた声が届いたのかどうか。

鎌のような月を背に浮かび上がる、巨大な白い宮殿が、ジブリールの眼前に迫ってきていた。

2

ユーディウの腕に抱かれ、本宮殿の奥に孔雀の羽のようにひろがる宮のひとつに、ジブリールは運び込まれた。

天蓋《てんがい》の垂れた寝台に横たえられ、ユーディウが覆い被さってくる。

再び唇を塞がれた。

「んん……っ」

舌を搦《から》めとられ、上顎《うわあご》の奥まで探られる長いキスから、ジブリールは逃してもらえなかった。

（……気持ちいい）

次第にぼうっと意識が霞みがかってくる。

もっとさわって欲しい。キスだけじゃなくて、もっと違うところも。あちこち、全部。——でも。

「……っやだ……っ」

力の入らない手で、ジブリールはユーディウを押しのけようとした。

「こんなになっているのにか？」

「あう……っ」

撫《な》でられたところから快感が突き抜ける。そこは完全に上を向いていた。

「ほら」

「やう……っ」

ユーディウは纏わりついたままのトーブの残骸《ざんがい》を剝ぎ取ってしまう。ジブリールはそれを止めようとしたが、敵《かな》わなかった。

「み……見んな……っ」

「こんなに可愛いのに」

「あっ——」

ユーディウはそれをてのひらで包み込み、緩く扱きあげながら、後ろへとふれてくる。

「あッ——!!」

痺《しび》れるような快感が突き抜けてきた。ずっと燻《くすぶ》ったままだった疼きが噴出し、全身に溢れた。

「やだ、そこ、だめ」

「私が欲しいと言ってごらん。楽にしてあげる」

「あ……」

ユーディウが欲しかった。ふれられているところが溶けるように気持ちがいい。このまま挿入して欲しい。

けれどもジブリールは、自然と頷いてしまいそうになる首を必死で横へ振った。

その途端、膝《ひざ》を摑まれ、大きく左右にひらかされた。すべてが——ぱくぱくしてる濡れた孔までが、ユーディウの眼前に晒される。ただでさえ熱かった身体が、更に熱を持つ。

「こんなに濡れているのに」

「……やだ……見んな、こんなのやだ、……汚い……」

小さな小さな最後の呟《つぶや》きを、ユーディウの耳は拾ってしまう。

「汚い？　私が？」

ジブリールは首を振った。

「俺が……っ、どんなに嫌でも発情して、発情したら流されて、そういうのいやなのに……っ、……オメガだから……」

逃れることができない。

薬があればどうにかやり過ごせはするけれど、高価過ぎてとても毎回買うことなどできる気がしなかった。

ぼろぼろと涙が零れた。

「……変わった子だ」

ユーディウの手が髪にふれた。

「……強い、のかな。オメガならもうとっくに身体に流されていてあたりまえ、恥じることなどないというのに」

「え……？」

今、なんて？

頭がぼうっとして、よくわからなかった。ジブリールだって今にも流されそうだったし、流されてしまいたかった。決して特別なわけではないと思う。ユーディウはそっと頭を撫でてくれる。そのやさしい感触に、何故だかまた涙が溢れた。

「おまえの名は」

と、ユーディウは聞いてきた。

「……ジブリール」

「私にまかせてくれないか。悪いようにはしない」

ジブリールはなかば夢うつつのまま頷いた。

「ア……ッ!!」

彼の指がジブリールの中へ挿入《はい》ってきた。

「あああ……っ」

ずっと疼いていたところを貫かれ、びりびりするような快感が背筋を駆けのぼる。ジブリールはそれだけで、あっというまに達していた。

はあはあと胸を喘がせる。一度達したくらいでは、とても治まらなかった。それどころか身体は更に熱を帯び、挿れられたままの指を締めつける。

「凄い……溢れてくるな」

ユーディウは吐息まじりに囁く。

「もっと?」

「ん……っ」

もう我慢できず、ジブリールはまたこくこくと頷いた。

自分から希んだのだ。犯されても文句は言えない。

ユーディウは彼自身のものをトーブから取り出した。熱《いき》り勃つ屹立を見た瞬間、ジブリールは激しく鼓動が高鳴るのを感じた。それが欲しくてたまらなくて、きゅんきゅんと指を締めつけてしまう。

けれどもユーディウはジブリールの中に挿入しようとはしなかった。

大きなてのひらで一緒に握り込み、擦りあわせながら、指を抜き差しする。

「あああ……っ」

両方からの刺激で、目が眩《くら》むようだった。あっというまに達しても、終わらない。

ユーディウの熱い息が耳にかかり、彼の強い興奮も感じる。そのことはいっそうジブリールの欲望をも煽《あお》った。

「あぁ、あ、あ、そこ……っ」

「ここがいいのか？」

「あ、ん、あ、あ、あ……！」

体内のある場所を撫でられると、言葉にさえならなかった。悦《よ》すぎて怖いのに、それさえも訴えることができないまま翻弄《ほんろう》される。またすぐに昇りつめてしまう。

気持ちよさが止まらなかった。

「あん、あん、いい、あぅ……っ」

何度達したかさえわからないほど仰《の》け反《ぞ》って、昇りつめる。

「またいく……っ、あああッ……!!」

ジブリールが何度目かの絶頂を迎えたとき、ユーディウもまた吐精した。

熱いものが下腹部を濡らし、恐る恐る視線を落とせば、そこは白濁したものでどろどろになっていた。ひどく淫らで、けれども不思議と汚いとは感じなかった。

そんな中で、今達したばかりにもかかわらず、ユーディウのものはまだ硬く勃《た》ちあがったままだった。

「あ……」

それを見ただけで、少しだけ落ち着きかけたジブリール自身の欲望もまた赤く燃えはじめる。

「……凄い……」

その血管の浮きだしたさまは、今にもばきばきと音を立てそうにさえ見えた。しかもとても大きい。

「……こんなの、見たことない……」

オメガとはいえ性経験は乏しく、しかも発情中のことはまともに覚えてさえいないけれども。

ジブリールの呟きに、ユーディウは苦笑した。

なかば無意識に手を伸ばし、ふれてみれば、その熱さに慄く。

これまで無理矢理口内に突っ込まれたことならあっても、自分から咥えたいなどと思ったことはない。それでもどうしても惹きつけられてたまらなかった。

本能に引きずられるようにして、ジブリールはそれに口づけた。

「！　え、ちょっ……」

ユーディウにとってもそれは予想外の行為だったらしい。だがジブリールは、驚く彼にはかまわずに、夢中で続けた。

「ん……っ」

「……ッ」

ぺろぺろと舐《な》める。舌先で感じる脈動が不思議と愛《いと》おしかった。ユーディウが自分のすることで感じてくれるのが嬉《うれ》しい。

何度も丁寧に舐め清めるうち、更にそれは大きくなり、先端から苦いものが滲《にじ》みはじめる。けれどもそれさえも美味《おい》しく感じて、ジブリールはその先端を口内に含んだ。すっかり頬張ってしまいたかったけれど、とても含み切れずに、半分ほどをしゃぶる。

（……口の中、気持ちいい……）

上顎や喉に擦れると、下腹までずきずきするほど感じた。また陰茎が硬くなり、後孔が溢れはじめる。

「ん……んん……っ」

「……尻をこっちに向けてごらん」

「んん……？」

ユーディウの言うことをよく理解できずにいるうちに、腰を摑んで引き寄せられる。気がつけばジブリールは、ユーディウの顔を跨《また》ぐような姿勢になっていた。

「あ……っこんな格好……っ」

恥ずかしい。それに、彼の綺麗な顔を汚すようで、たまらなかった。たまらなく興奮した。含まれたら、ジブリールの小さな矜持《きょうじ》などひとたまりもなかった。

「んあぁ……っ」

頭まで蕩けるような快感が突き抜けてきた。

扱かれたときも気持ちよかったけれど、その比ではなかった。そこが溶けてしまうと思った。しかもユーディウはジブリールの後孔に、また指を挿しいれてくるのだ。

「あ、あ、だめ……っ」

すぐにも彼の口に出してしまいそうになる。ジブリールは逃げようとしたけれども、太腿《ふともも》をしっかりと摑まれていてできなかった。更に深く含まれる。

「あ、あ——」

「口がお留守だよ」

指摘され、再び咥えてみるけれども、しゃぶるどころではなかった。

「んぁ……はぁ……っ」

ユーディウはジブリールのものを口の中で転がしながら、指で後ろを掻きまわした。ジブリールは必死で堪えようとするけれども、脚を押さえられ、口も塞がれて、感覚の散らしようさえなかった。

（だめ……気持ちいい……だめ）

だめなのに。

中の一番感じるところを押しながら前を吸われると、もう我慢できなかった。

「あぁぁ……っ」

ついにジブリールはまた白濁を迸《ほとばし》らせた。それをユーディウは飲み込んでしまう。信じられなかった。

「ご……ごめんなさ……」

「謝らなくていい。でも、私のもちゃんと最後までいかせてくれるね？」

ジブリールはこくりと頷いた。

そして目の前にある彼のものを再び咥えなおした。

（……温かくて気持ちいい……）

性的な快感とは少し違う快さに、薄っすらと目を開く。

気がつけばジブリールは、ユーディウに背中から抱かれ、ゆったりとした湯船に浸かっていた。

「目が覚めた？」

肩越しに覗《のぞ》き込まれ、ジブリールははっと振り向く。

「ここは……？」

「私のバスルームだよ」

（私の……）

彼だけの浴室があるのか。

ひどく高い天井。巨大な浴槽と床は大理石だろうか。壁に嵌《は》め込まれた金色の孔雀の口からは、止むことなく湯が注がれていた。

朦朧《もうろう》としてよく覚えていないながら、寝室もとても豪奢だった気がするけれど、浴室も凄かった。砂漠では、湯はどれだけ貴重かしれないのに。

（……本当に凄い身分の人なんだ……）

ジブリールは呆然と見回す。

「あの……ここは、本当に……？」

「カスル・ターウース――孔雀宮の、四翼《よんよく》と呼ばれている場所だ」

やはり本当に王宮なのか。発情期の混乱が見せた夢などではなくて。

「四翼……」

「孔雀宮の奥には、孔雀の羽をひろげたようなかたちに九つの王子宮がある。アルファの王子には、その一つがあたえられることになっている。ここは私の宮だよ」

「アルファの、王子……」

街で会ったことがあるとは言っても、王子というだけでもジブリールにとっては夢物語のような存在だったのだ。アルファともなればなおさらだった。

ジブリールはこれまでの人生で、アルファに会ったことなどただの一度もなかった。庶民たちの中にもいないわけではないのだろうが、オメガ以上に稀なのだと思う。

それでも、彼の言葉はすんなりとジブリールの中に入ってきた。腑《ふ》に落ちた、と言ってもいい。

思えば最初から、纏う空気感が違っていたのだ。

(アルファってこんなに綺麗なのか……)

そんな人の腕の中にいるなんて、信じられない思いだった。自分の運命が、本当に不思議でならない。

「あの……」

「うん?」

「アルファの王子様が、どうしてあんなところに……?」

あそこは裏通りの、スラムみたいなものなのだ。いくら「孔雀宮の華」が、もともとたまには街に降りてきていたとしても、高貴な身分の人が来るところではない。

「たまたまあの近くの表通りを通りかかったんだ。そのときふと、フェロモンを感じてね。……もしかして近くにオメガがいるのかと思った」

「表通りって……そんな遠くから?」

フェロモンというのは、そんなにも広範囲に垂れ流されているものなのだろうか。

「そうだね。あんなに遠くては、普通の……ベータにはわからないだろうな。微かなものだったし、従者たちも誰も何も感じてはいなかった。アルファは、ベータよりもずっと強くオメガのフェロモンに反応するんだ。——行ってみたら、倉庫の中から悲鳴が聞こえた」

それで危険を冒して踏み込んできてくれたのか。

ジブリールはそのことに本当に感謝した。あのままだったら彼らに犯されたのは勿論、売り飛ばされて薬づけにされ、身体を売らされていたに違いなかった。

「……たすけてくれて、ありがとう……ございました」

ジブリールは頭を下げた。

「どういたしまして。でもこっちも下心があってしたことだからな」

「下心……?」

「こういうことをしたいっていう」

「ひゃ……っ」

耳の後ろに口づけられ、身を竦める。ユーディウは笑った。

「オメガのフェロモンを感じて行ってみたら、可愛い子が襲われてた。たすけないわけがないだろう」

囁かれて、ぽっと頬が火照る。

（……可愛い……）

「それに肌が白くて綺麗だ」

ユーディウはそう言って、湯の中に浮かび上がるジブリールの手を持ち上げ、また軽くキスしてきた。それだけで、ジブリールの胸は跳ね上がった。

ジブリールの肌は、オルタナビア人にしては色素が薄いほうではあっただろうか。けれど取り立てて肌理《きめ》が細かいわけでもなく、美しいわけでもない。正直なところ容姿も平凡だと思う。ちょっとした軽口なのだろう。何しろユーディウは「孔雀宮の華」と呼ばれる男なのだ。

でも、これほど美しい男に褒められれば、やっぱり嬉しかった。

（それに俺のためにお金を払ってくれようとしたり、孔雀宮まで連れてきてくれたり……）

下心と言いながら、ユーディウはジブリールを犯さずにいてくれている。

――その子の新しい主人だよ
と、彼は言っていた。

どういう意味だろう、とジブリールは思う。

（もしかして、つ……つがいになってくれとか言われるのかな……？）

オメガになって日が浅いうえに、毎日必死であまりきちんと考えたことはなかったけれど、アルファとオメガのあいだには「つがい」という関係性が存在するという。情交中にアルファがオメガのうなじを噛むことによって成立するのだと耳にしたことがあった。

つがいになれば、オメガはつがい相手のアルファにしか発情しなくなる。欲望に振り回されない安定した暮らしができるようになるのだ。

それは結婚にも似た、けれどある意味では結婚以上の誓いだ。

そんなことを思い出して、ジブリールは鼓動が跳ねるのを感じた。

（なんで……？　ほとんど初めて会ったみたいな人に……しかも王子なんてとんでもない身分の人に対して、つがいどころの話じゃないだろ？）

そう思うのに、胸の高鳴りはなかなかおさまってはくれなかった。

「そんなことより、おまえの話を聞きたいな」

ジブリールの思いを少しは感じとっているのかどうか、ユーディウは言った。

「あの男たちは、おまえの知り合いか？」

「……野盗団の首領。……抑制剤を買うお金が欲しくて、仲間に入ったんだ。悪いことだってわかってたけど……」

「薬は、一般には出回ってないだろう」

「うん。だから闇でさ。でもあるとき、貯めてたお金を誰かに盗まれて……闇の抑制剤って目玉が飛び出るくらい高いんだ。でもどうしても手に入れたかったから、大きな仕事を一人でやろうとして……しくじった。それで落とし前をつけろって言われてさ」

「そうか」

と、ユーディウは言った。

「嵌められたのかもしれないな」

「……」

それは自分でも考えたことだった。

金を盗まれたのは勿論、首領はジブリールをたすけてくれたときから、既に売春宿の元締めに売り飛ばす算段をつけていたのかもしれなかった。

「……首領に拾われなかったらきっと死んでたと思うから……感謝してるところもあるんだけど……」

「あんな目に遭わされたのに？」

「……オメガとして生きていくのって、ほんとに大変だから」

家も追い出され、家族にも棄てられて、希望など何もなかった。目の前にあったのは絶望だけだった。

「半年くらい前、オメガだってわかってからずっと途方に暮れてたし、野盗団に入れただけましだったのかも……」

「半年？　……検査で？」

オメガだと判明した時期が遅いことに、ユーディウは気がついたようだ。

「検査なんて……ほんとに受けてるのは、お金持ちのほんの一部の人たちだけだ。普通はベータの家に生まれるのはベータと決まってて例外なんてごくわずかだし、費用もかかるから、庶民は受けないよ」

「そうか……」

彼は少なからず失望したようだった。まあ、法律を定めている側の人間からすればそうだろう。

「じゃあ、オメガだとわかったのは……」

「……決まってるだろ。発情したからだよ」

「ある日突然？」

ジブリールは頷いた。

「……それで」

「それでって……、自分で自分がどうなったのか、わけわかんないまま……してたら、……兄と父が帰ってきて……」

それ以上言えなかった。けれどもそういうジブリールの姿に、ユーディウは察してしまったようだった。

たまらなく自分が汚く思えて、ジブリールは彼から離れようとした。

けれども背中から抱き締めた腕は緩むことはなかった。

「き……気持ち悪いだろ」

「そうだな」

「！」

肯定する言葉が胸に突き刺さる。だがユーディウは続けた。

「おまえじゃない。気持ちが悪いのはおまえの家族のほうだ」

「……っ……」

ジブリールは激しく首を振った。

「家族は悪くない……！　俺がオメガだったから……だからフェロモンが出て、悪魔になって、兄さんも父さんもおかしくしちゃっただけで……っ」

あれは本当の父や兄ではない。本当は父も兄もやさしくて、善良な人間なのだ。あの日まではずっとそうだった。みんなフェロモンが悪いのだ。

「お母さんもそう言ったし……っ」

ジブリール自身、そうとでも思わなければ堪《た》えられなかった。

「……なんてことを」

ユーディウが頭を抱える気配がする。何か言いたげに何度か息を吸い、けれども結局、彼はそれ以上言わなかった。

ジブリールを抱き締める。

「……家族が大好きだったんだね」

こく、と頷いた瞬間、ぼろぼろと涙が零れた。

（……もう、二度と会うこともできないだろうけど）

「い……家を出て……仕事もなくて、お金も無くなって、川に飛び込んで」

「……死のうとしたのか」

ジブリールは再び頷く。

「また発情期が来たらあんなふうになるのかと思ったら、死んだほうがましだと思った。でも、野盗の首領にたすけられて、仕事をやるって」

「そう」

ユーディウの大きな手が、うつむいたジブリールの頭を撫でてくれる。

（……でも、実の家族でもそんなだったのに）

家族はベータだった。しかも血の繋がりという禁忌があってさえジブリールを犯した。

発情期のオメガのフェロモンというものは、本来それほどのものなのだ。

（でも、この人は）

アルファである彼は、ベータだった家族たちより遙かに強くオメガのフェロモンの影響を受けているはずなのだ。表通りにいてさえジブリールのフェロモンを感じていたほどだったのだから。

（なのに、この人は抑えてくれてるんだ。……俺が嫌だと言ったから）

たとえ犯したところで、彼の身分とジブリールの身分を考えれば、何の不都合も起こらないだろうに。そのことは、ジブリールに不思議なほどの喜びをもたらす。

それとも、実はそれほど反応していない……ということがあるだろうか？

（いや……でも、さっきあんなだったし……）

つい先刻のユーディウの逞《たくま》しい屹立が、瞼に浮かぶ。あれが反応していない状態だったとはとても思えなかった。

そして彼の欲望を思い出せば、ジブリール自身もまた呼応するように熱が上がってしまう。先刻、あれだけ互いに出したのに。……まだ足りないというのだろうか。

そんな馬鹿なと思うのに。

「……なんでこんなことになっちゃったんだろう」

自分にうんざりして、つい吐息が漏れた。

「自分がオメガだなんて、半年前まで考えたこともなかったのに……」

「今回の発情は、まだ三回目？」

「うん……。まだ少しは間があったはずだったんだけど……」

どうして早まってしまったのだろう。野盗仲間たちに弄り回されたせいだとは思いたくなかった。

「それは、もしかしたら私のせいだったのかもしれないな」

と、ユーディウがふいに言った。

「え……？」

「私がおまえのフェロモンを感じたように、無意識下では、おまえも私のフェロモンを感じとっていたのかもしれない。それが発情を誘発したのかも」

「そんなこと、あるのか……!?」

思わず振り向けば、ユーディウは揶揄《からか》うような微笑を浮かべている。

「さあ、どうだろう？　もしそうなら、運命的だったと思って欲しいけどな」

「誰が……っ！　そうだったら、発情期が早まったのはあんたのせいだったってことだろ!?」

ユーディウは声を立てて笑った。出会って間もないとはいえ、こんな屈託のない彼の表情を見るのは初めてで、ジブリールは毒気を抜かれたような気持ちになる。

「……笑い事じゃない」

けれどもあの男たちが原因だというよりは、ユーディウであったほうがどれだけましか知れなかった。

「オメガであることがいや？」

「当たり前だろ……！」

ユーディウは薄く微笑した。

「私の母もオメガだったよ」

「え……!?」

ジブリールは耳を疑った。

こんな高貴な身分の人の母親が……オメガ？

「一般的にはあまり知られていないか？　アルファは、アルファとオメガのカップルから生まれる確率が最も高いと言われている」

「そ……そうなの!?」

「ああ」

知るわけがなかった。一般人はほとんどがベータだ。アルファやオメガなんて、ほとんど存在さえ怪しいほどの遠い世界のことだったのだ。

「母は、アルファの男子を二人産んだよ。兄と私と……。どちらも今はいないが」

「……亡くなったの？」

「母はね。兄は、遠くへ行っている。死ぬまでに再び会えるかどうか」

「……」

ちょっと喋《しゃべ》りすぎたな、とユーディウは言った。

複雑な事情がありそうだった。もっと聞きたかったけれど、ジブリールはそれ以上求めることができなかった。

（ユーディウにも家族がいないのか……）

ジブリールは初めてユーディウに同情を覚えた。

（アルファの王子様で、こんなに綺麗で、こんな立派なところに住んでても、寂しいのかな……？）

憂いの浮かぶ横顔を見つめていると、ふとユーディウの視線が自分に向けられた。ジブリールはどきりと頬が赤らむのを感じて、慌てて目を逸らす。

ユーディウはジブリールの髪を撫でてくれた。

「オメガはそういう性でもある。偏見を持たれがちではあるけど、それぞれの性に役割があるだけだ。……何も恥じることはない」

「……っ……」

その言葉をもらった瞬間、胸の奥から泉のようなものがあふれてくるのを感じた。

オメガだとわかってからずっと、蔑まれ、まるで人ではないかのように軽く扱われてきた。

（……でも、この人は違うんだ）

オメガであっても人として見てくれる。自分の欲望を抑え、やさしい言葉をかけてくれたのは、ユーディウが初めてだった。

（こんな人もいるんだ）

そう思うと、心が震えた。

「おまえも、私の子を産めばいい。アルファの男子を」

「そうしたら、家族になれる……？」

口にしてしまってから、はっとした。

（……ばかなこと）

相手は王子だ。家族になんてなれるはずがない。

だが、ユーディウは言った。

「ああ。なれるよ、家族に。アルファの男子を産めば」

アルファの男子を、という言葉が、少し心に引っ掛かる。

（アルファの男子じゃなければ、だめなんだろうか……？　アルファの女子や、ベータやオメガではい。

……？）

「――だから、私を好きになれ」

けれどもその引っ掛かりに、ジブリールは目を瞑《つぶ》った。

（……家族）

失ったものをもう一度取り戻せるのだろうか。

抑えていた大粒の涙がぼろぼろと零れ、浴槽の湯に落ちていった。

（こんな人、他にはいない）

だったら。

次々と沸き起こってくる涙を拭い、ジブリールは振り向いた。

そしてぎゅっとユーディウの首に抱きつく。

オメガになった以上、どうせいつかは誰かに抱かれなければならないだろう。きっと避けては通れない。

（だったら、この人がいい）

ここにずっと置いてもらいたい。――ユーディウの傍に。

「……ベッドに連れてって」

「連れていったら、もう逃げられないよ」

その言葉に、ジブリールは頷いた。


すぐにバスタブから抱き上げられ、トーブに包まれたかと思うと、ジブリールは再び寝室へと運び込まれた。

いつのまにかすっかり替えられ、整えられた真新しいシーツの上に横たえられる。

噛みつくように口づけられ、口内に入り込んできた舌に舌を絡められると、先刻の熱がすぐに蘇ってきた。

「あ……！」

ユーディウの指が孔にふれ、ジブリールは身を竦める。自らを抑えることをやめたユーディウに容赦はなかった。

「ん……あぁ……っ」

指を挿れ、たしかめるように中を探る。

「……濡れてるね」

「あう、あっ」

「どんどん出てくる」

「あっ、あっ、あっ――」

奥の疼きがきゅんきゅんと激しくなってくる。

「こんなに発情していたら、一回ですぐに孕《はら》むかもしれないいな」

「……！」

その言葉に、ジブリールは改めてどきりとした。

（孕む……）

無意識に怯み、身じろぐ。

「だめだよ。もう逃がさない」

逃げ腰になるジブリールをやんわりと、けれど強く押さえ込み、ユーディウは耳に囁いてきた。

「私の子を産むんだ」

（王子の……子）

これまでジブリールにとって、孕むかもしれないということは恐怖でしかなかった。けれどもユーディウの子だと思うと、不思議と恐ろしさを感じない。

「あ……っ」

ユーディウは自身をあてがってきた。

（――熱い）

先刻よりずっと滾《たぎ》って感じられる彼の熱に、ジブリールは怯む。けれども身体はずっと正直に、彼を欲して収縮していた。

先端がもぐり込んでくる。

「あ……ッ」

そのまま深く抉られた。ここへ来てから繰り返し愛撫《あいぶ》され、受け入れる準備がすっかり整っていたジブリールの孔は、巨大な雄をずぶずぶと呑み込んでしまう。

「……っあああ……っ!!」

待ち希んでいたものに疼く襞《ひだ》を擦りあげられ、その気持ちよさにジブリールは仰け反った。

ユーディウは容赦なく一気に奥まで穿《うが》ってくる。強すぎる快感から無意識に逃げようとする身体を、手首を摑んで引き戻される。ジブリールはその手を彼の背中に回し、縋りついていった。自分の身体が歓んで、きゅうきゅうとユーディウを締めつけるのがわかる。

「……っく」

小さな呻きを奇跡的に聞きとり、薄く瞼を開ければ、眉を寄せたユーディウの美しい顔が目に飛び込んできた。

彼もまたジブリールの中で苦しいほど感じてくれているのだ。

「……ジブリール」

吐息交じりに初めて名前を囁かれ、身体の底から沸き起こるような歓びを覚えた。自分でもよくわからない涙が溢れた。

ジブリールの中で、ユーディウが動きはじめた。抱えあげるようにして、奥へ奥へと穿っていく。

「あ、あぁっ、そこ、だめ……っ」

一番深いところの、更に奥まで強く抉られて、ジブリールは泣き声をあげる。

「……痛いか?」

問いかけられ、無意識に首を振った。

「でも奥、ごりごりする……っ」

自分でも何を言っているのかよくわからなかった。ただユーディウが自分の中でいっそうおおきくなったように感じた。

「あっ、あっ、ふあッ――」

何度も強く突き上げられて、気持ちよさに腰が砕けそうになる。やわらかい襞を擦られるのも、深いところを抉られるのもたまらなかった。

突かれるたびに濡れた音が響いた。ひどく淫らで、耳まで犯されている気がした。

「それ、だめ、いい、……っ」

すぐにでもまた達してしまいそうになる。

「や、……またイく……っあああっ……！」

その衝動に堪えることはできなかった。ジブリールは昇りつめ、断続的にユーディウを締めつける。

「……っ……ん」

「あ……」

どくりと、ユーディウが中で弾けた。迸るように注ぎ込まれる。

「あ……あ、……っ出て……」

出てる。その感覚がたまらなくて、ジブリールは更に強くユーディウをぎゅっと抱き締め、脚を絡ませた。もっともっと搾《しぼ》り取ろうとする。

（……まだ、いくらでも出てくる……）

「ん……っ」

ユーディウの射精は、長く長く続いた。

ようやくそれが終わり、ほっと息をつく。なんだかひどく腹が重かった。

（終わった……？　でも）

「まだかたい……」

「ああ」

吐精を終えても、ユーディウのものはジブリールの身体の中で、硬さを失ってはいなかった。彼はジブリールに口づけて、またゆっくりと動き出す。

「あん……っ！」

すっかり解《ほぐ》れきった孔は、軽く突かれただけで強烈な快感をひろいあげた。達したばかりにもかかわらず、すぐに陰茎がまた芯《しん》を持つ。ユーディウはそこへ指を搦めてきた。

「ん、だめ……っひあ……っ」

達したばかりの敏感過ぎる茎を弄られて、ジブリールは悲鳴をあげた。でもユーディウはやめてはくれない。それどころか、胸に唇まで落としてきた。

「あ……！」

乳首を軽く含まれただけで、痺れるような刺激が突き抜けてきた。

（……そんなところで？）

ジブリールの脳裏を疑問が過《よぎ》る。そんなところは、これまで弄られたことがなかったのに。

「あ、あ、……っそこ、あ……っ」

「可愛い乳首だ」

ユーディウは小さく笑った。

何をされているのか、よくわからなかった。けれども快感は容赦なくジブリールを翻弄する。

（……乳首がこんな、気持ちいいなんて）

「ああ……っ」

音を立てるほど強く吸いあげられ、前を弄りながら揺すりあげられる。

「あぁっ、だめ、あ、あ……っ」

狂おしい愉悦に、ジブリールはどうにかなりそうだった。

腰が浮いて揺れる。

「気持ちいい？」

ユーディウは囁いてくる。

「だって、あ、あ、そんな、したら」

「じゃあ抜こうか」

揶揄うように問い掛けられ、ジブリールは反射的に首を振った。

「やだ、やめないで……っ」

ジブリールはユーディウの背にしがみついた。

「……もっと奥にきて……っ」

そんなことを口にしてしまう自分が、ひどく恥ずかしかった。

でも、誰でもいいわけじゃない。ユーディウだからだ。

抱え上げられ、最奥へと挿入されてくる。

激しく突き動かされ、溺《おぼ》れているのは自分だけじゃなく、たしかにユーディウも一緒なのだと思う。

ジブリールは、オメガになって初めてのしあわせを感じていた。

「ああ……起こしてしまったか」

どれほどのあいだ、何もかも忘れて二人きりでこの部屋に籠もっていたのだろう。

瞼を開ければ、トーブを纏ったユーディウがいた。

（……この格好……ひさしぶりに見た気がする……）

この数日間、ユーディウも自分もずっと裸か、それに近い姿をしていたからだ。

「どうしても出ないといけない仕事ができてね」

「……」

そんな日が、そろそろ来るような気はしていた。

そう——もうこうしてユーディウと過ごすようになってから、何日も過ぎているのだ。いつまでもそれだけでいられるはずがない。

王子としての職務も忙しいだろうに、こんなにも長いあいだ、彼がジブリールの発情につきあってくれたことのほうが不思議だったのだ。

（たぶん……もう発情期も終わるし……）

身体がだいぶ落ち着いてきたのが、自分でもわかる。ユーディウとともに寝台にいても、抱かれるより、ただ戯れたり話をしたりしていることも多くなっていた。

（終わったら……？）

それでもここにいていいのだろうか。

身体が落ち着いた分、胸が痛む日が多くなっていた。

「夜まで一人で留守番できるか？」

こく、とジブリールは頷いた。

「いい子だ」

ユーディウはジブリールの髪をそっと撫でる。

「俺……」

目を擦りながら、ジブリールは思ったままに問いかける。

「……ずっとここにいてもいいの」

一瞬、ユーディウが目を瞬かせ、微笑った。

「あたりまえだろう。新しい御主人様だと言っただろう?」

ジブリールはほっと息をついた。

追い出されたくなかった。このままここにいたかった。安心して暮らせる場所が欲しかった。

そしてそれより何より、ユーディウの傍を離れたくなかった。

「だいぶ疲れも溜《た》まっているだろう? 私が帰るまでゆっくり身体を休めていなさい。——おやすみ」

疲れているのは同じだろうに、ユーディウはそう言ってジブリールの額に口づけ、部屋を出ていった。

昼夜を問わず繰り返されてきた行為に、たしかに疲れてはいたのだろう。ジブリールは目を閉じ、引きずり込まれるように再び眠った。

そして目が覚めたときには、窓の外には夕焼けが見えた。

「……王子……?」

この城に来てからずっと、彼の腕枕で目を覚ましていたのだ。

なのに、その彼がいない。

身を起こし、周囲を見まわしても姿は見つからなかった。途端に肌寒さを覚えて、ジブリールは自らを抱き締める。

(まだ帰ってないのか……)

そういえば、夜になると言っていた、と思い出す。

(あとどれくらい……?)

ふらりと起き上がり、窓のほうへと近づく。そのすぐ傍の椅子《いす》の背には、ユーディウが脱ぎ捨てたトーブが無造作に掛けられていた。

手に取ると、ふわりと彼の香りがする。

(王子の匂い……)

思わず抱き締め、顔を埋める。ジブリールにとって、それはひどく甘く感じる匂いだ。

(……もっと欲しい)

彼の匂いに包まれたい。

そんな本能のままに、ジブリールは彼の匂いのするものを探し、部屋の中をさまよった。


「おや……これは」

扉を開く小さな音と呟きで、ジブリールの意識は夢からわずかに浮上した。

ユーディウがゆっくりと近づいてくるのが、匂いでわかる。飛び起きなかったのは、もうひとつ別の気配を感じたからだ。

「巣作りだな」

と、ユーディウは言った。

「巣作り？」

別の声が問い返す。

「ああ。発情期のオメガは稀に、つがいのアルファの服や、匂いのついたものを集めて巣をつくることがあるという。本当は発情期のはじまりの、アルファを待っているときに行うことが多いらしいが……」

「迷信ではないのですか」

「さあ……母はよく父のトーブを集めて巣をつくっていたがな」

「ふうん……？　オメガの愛情表現でしょうかね」

そんな指摘に、かっと頰が熱くなる。

まるで自分がそんなにもユーディウのことが好きだとあらわにしてしまったようで、ひどく恥ずかしかった。

(……好きだけど)

抱かれるのなら彼がいいと思ったけれど。

(まだ会ったばかりなのに)

恋をしているわけではないはず……と、ジブリールは思おうとする。

「可愛いものだね」

と、ユーディウは言った。

「実際にこういう姿を見ると……」

「でも、つがいになったわけではないのでしょう？」

「ああ。それでもこうして巣をつくっているということは……この子は、有望そうだな」

そう言って、ユーディウはジブリールの頭を撫でた。

(有望……?)

何が?

ジブリールはどういう意味で彼がそう言ったのかわからなかった。

やさしかったユーディウが、何故だかどこか違う存在になってしまったようで、少し怖い。

有望、とはなんのことだろう。

考えても答えは見つからず、ジブリールは自分が目を覚ましていることを言えないまま、寝たふりを続けた。

3

まもなく、ジブリールの発情期は終わった。

「起きなさい、ジブリール」

その日の遅い朝、ジブリールはユーディウではない男の声で起こされた。

(誰……？)

でも、この気配は知っている。

(少し前、王子と一緒に部屋に来たことある……あの人だ)

ジブリールは警戒しながら、そろそろと身を起こした。

ベッドの傍に立っていた男は、ユーディウほどではないがすらりとした長身で、眼鏡をかけていた。

(……眼鏡……)

眼鏡をかけた男を見るのは、初めてだった。高価なものだから、庶民の街では誰もかけていなかったのだ。

つい注目してしまう。

「発情期はすっかり抜けているようですね」

「はい……」

そんなことも知られているのかと思うと、ひどくばつが悪い。ジブリールは目を逸らした。

「では、おまえにはこの部屋を出て、自分の部屋へ移ってもらいます」

「俺の部屋……」

「すぐに身体を清めて支度《したく》をしなさい」

一瞬、追い出されるのかと思ったけれども、そういうわけではないようだった。

「あ、あの……っ、王子は……？」

「寝所ではともかく、それ以外の場所ではユーディウ殿下とお呼びするように」

「……はい。……あの、殿下は……」

「殿下はお忙しい身の上なのです。発情期が終われば、そうそうおまえの相手などしていられるものではありません。心して、身分をわきまえなさい」

「……はい……」

頭ごなしに上から言われてショックを受けたが、ともかく従わないわけにもいかなかった。ユーディウは家族になれると言ったが、そんなに簡単なものではなさそうだと思う。

ジブリールにひととおりの指示を与えてから、眼鏡の男は自分の名を名乗った。

「私はこの四翼に所属する医師、イスマイル。四翼のオメガたちの管理も任されています」

「オメガ……たち?」

この城には、まさかジブリールの他にもオメガがいるのだろうか?

嫌な予感に、ぞくりと寒気を覚える。イスマイルは続けた。

「この四翼には、おまえの他にも何人かの、ユーディウ殿下のオメガがいます」

(ユーディウ殿下のオメガたち……)

「――……」

ジブリールは愕然とした。

(……ああいう身分の人を、ひとり占めできるみたいに思い上がってた俺が間違ってたんだろうけど……)

言葉が出てこなかった。無意識にぎゅっとシーツを握りしめる。押し潰されるように胸が痛かった。

イスマイルはそんなジブリールのようすに気づいているのかどうか、表情も変えなかった。

「殿下からどこまで説明を受けているか知りませんが――、ここは孔雀宮の四翼と呼ばれる王子宮の一つです。孔雀宮には九つの王子宮があり、アルファの王子を産んだ愛妾《あいしょう》にあたえられるしきたりになっています。ここはユーディウ殿下の母上の宮でしたが、亡くなられてからは殿下が主となられました」

「……オメガだったっていう御母上……」

「殿下から聞いたのですか」

「はい……」

「この国では、アルファの男子しか王位を継げないのは知っていますか？」

「……一応」

「そのアルファの男子を産む確率が最も高いのが、オメガの男子であると言われています。ユーディウ殿下の御母上も、その一人でした。……そして殿下の御父上、国王陛下《へいか》は、最初にアルファの男子を儲けた王子に王位を譲る、そう宣言なさいました」

「……それが俺……俺たちオメガが集められた理由ですか」

声が震えた。

「そうです」

「……っ……」

（俺のこと、たすけてくれたのも、そのため）

見ず知らずの者をたすけてくれるなんて、なんて親切な人なのかと思った。

でも、彼は親切心からジブリールをたすけてくれたわけではなかったのだ。

下心があると言ったのも、アルファの男子をつくるため、できるだけ多くのオメガを集めたかっただけだった。

（俺のことも……オメガだから）

その一人として連れてこられただけだった。ジブリール自身に対して少しでも思い入れてくれたわけではなくて。

そしてふと思い出す。

「……あの……」

「なんです？」

「じゃあ、俺のこと、有望そうだって言ったのも……？」

そのことに関係があるのだろうか。

「起きていたんですか」

「……」

イスマイルは答えを口にするかどうか、逡巡《しゅんじゅん》したように見えた。意外と、悪い人じゃないのかもしれないとジブリールはぼんやりと思う。

「科学的根拠はありませんが……」

やがて彼は言った。

「オメガがアルファのことを深く愛していればいるほど、アルファの男子が生まれやすいと言われています。まあ、迷信でしょうが、殿下は信じていらっしゃるようですね」

その言葉は、ジブリールにとっては更にひどい痛みになった。

(やさしくしてくれたのも、そのため……?)

ユーディウのことを好きになるように仕向けて、アルファの男子を生まれやすくさせるためだったのか。

彼はオメガを人として認めてくれているわけでもなければ、ジブリールと家族になりたいわけでもなかった。

ただただすべては玉座のためだったのだ。

——ああ。なれるよ、家族に。アルファの男子を産めば
ユーディウの声が耳に蘇った。

——だから、私を好きになれ
苦しくて、涙が出そうだった。ジブリールは込み上げるものを必死で飲み込もうとする。

イスマイルはため息をついた。

「後ほど、他のオメガたちにも引きあわせます。その前に、身体を清めておいてください」

彼もまた、ジブリールに特別にかまうつもりはないようだった。そう告げると、あっさりと部屋を出ていった。

ジブリールは呆然としたまま風呂に入った。

顔が濡れると、箍《たが》が外れたように涙が零れた。

ユーディウに背中から抱き締められて、一緒に入浴したときのことが思い出されてたまらなかった。

(こんなにも好きになっていたなんて)

でも、ユーディウは違う。ジブリールのことを、

子を産ませるための道具のひとつとしか思ってはいない。

仮にも王子に対して、対等な愛情を求めるほど己《うぬ》惚《ぼ》れてはいないつもりだったけれども。

(でも、少しは特別に思って欲しかった)

道具ではなく、人として扱って欲しかった。彼にだけは。

ジブリールは両手で顔を覆った。

(王子の馬鹿、馬鹿野郎……っ)

胸の中で、何度もユーディウを詰《なじ》る。

天国が急に地獄に変わったような気持ちだった。

(……出ていきたい)

心からそう思った。

だが、話はそんなに簡単ではない。城を出ればまた以前のような暮らしがはじまってしまう。抑制剤もなく、いつ輪姦されるかさえわからないような日々が。

ジブリールには、街に戻る勇気がなかった。


せめて、どんなにユーディウのことが好きでも、その気持ちだけは決して彼には悟られたくない。

(絶対に……!!)

なけなしのプライドで、ジブリールは心に誓った。


湯から上がると、イスマイルに三人の少年を紹介された。

「おまえ付きの小姓《こしょう》たちです」

「え……」

子供じゃないか、と思う。

「オメガには、安易に成人を近づけるわけにはいかないのでね」

それはたしかにそうかもしれなかった。

(だから第二性別判明前の子供を……)

とはいうものの、

「あの……でも、俺、たいていのことは自分でできると……」

もともと庶民なのだし、小姓を——しかも三人もつけてもらう必要などないと思うのだ。それに子供を扱《こ》き使うことにも抵抗があった。

だがイスマイルは一蹴《いっしゅう》する。

「何を言うのです。おまえはユーディウ殿下のオメガなのですよ」

自己紹介を促され、三人の少年は、一番年嵩《としかさ》の子から、カミル、サミル、タミルと名乗った。三人とも奴隷の出身だという。

「よろしくお願いします」

「こ……こちらこそ」

困惑しながらも、ジブリールはなるべく笑顔をつくった。

(でも、可愛い)

末の弟と同じくらいの年頃だろうか。そう思うと、親しみは持てた。

それから三人に手伝ってもらい、ジブリールは着替えをした。

美しい光沢のある、見るからに高価そうな衣装がジブリールのために用意されていたのだ。

「これ、絹……だったりする?」

思わずそう聞いてしまったほどだった。

「あたりまえでしょう。ユーディウ殿下からの贈り物なのですからね」

そう聞いて、抵抗を覚えないわけではなかったけれど、どうせ四翼のものはすべてユーディウのものなのだ。

「……初めて本物見た……」

下はゆったりしたズボン状になったそれは、母親や妹たちが家の中で着ていたものに似ているが、凝《こ》った刺繡《ししゅう》やレースが入っていたりして、とても綺麗だ。

だが反面肩や腕、腹部などの露出が多く布地も薄くて、オメガとは、ユーディウにそういうふうに仕える者なのだと思い知る。

それらを身に纏い、カミルたちに髪を梳《と》かしてもらっていると、一度は退出していたイスマイルが姿を現した。彼はジブリールの姿をしげしげと眺めて言った。

「さすがによく似合っていますね。殿下はこういう見立てだけはお上手《じょうず》でいらっしゃる」

（ユーディウの見立て……）

思わず衣装をじっと眺める。

あまりになじみのない衣装すぎて、自分では似合っているのかどうかよくわからない。だが彼が自分で選んでくれたのかと思うと、少し心が浮き立ってしまう。そういう自分がいやになるけれども。

イスマイルはジブリールの首に、じゃらじゃらとした金の首飾りを掛け、頭にレースのヴェールを被せて金の輪で留めた。

姿が整うと、ジブリールはユーディウと過ごした部屋から連れ出された。

廊下を歩きながら、イスマイルから後宮についての説明を受けた。

四翼の後宮は、基本的にユーディウが私的な生活を送るための場所であり、彼の寝室やオメガたちの部屋、そして医務所などがある。医務所はイスマイルの研究室も兼ねていて、後宮に入ることをゆるされている成人男性は、ユーディウの他には医者であり側近でもあるイスマイルだけなのだという。

「後宮の門や外壁は兵士たちに守られていて、勝手に出入りすることはできません。心しておくように」

たとえジブリールが逃げ出そうとしても、簡単に出られるわけではないということだった。

長い廊下を進み、いくつか角を曲がると、ぱっと視界が開けた。大広間だ。

絨毯《じゅうたん》が敷き詰められ、豪華な調度に彩られた部屋には、数人の男――おそらくオメガたちがいた。

彼らはジブリールと似た感じの、けれどそれぞれ異なる衣装を纏い、小姓たちに傅《かしず》かれてソファに寛《くつろ》いでいた。

自分以外のオメガを実際に目にするのは、ジブリールにとってはこれが初めてのことだった。

（……みんな綺麗、可愛い……！）

ジブリールは目を瞬かせる。

オメガというものは、みんなこうなのだろうか。

（いや、みんなってことはないか……俺は普通だし……）

けれどもこれほど美しいオメガばかりに囲まれてきたユーディウには、ジブリールはどれほど見劣りしたことだろう。

一瞬でも、彼のつがいになれるかもしれないなどと考えた自分が、更に浅はかな愚か者に思えた。

「美しいでしょう」

と、イスマイルが言った。

「みな、身分も容姿も私が厳選して、ユーディウ殿下のために集めたオメガたちです」

（……そうなのか……）

ジブリールはなかば呆然と彼らを見まわした。

ユーディウのために選び抜かれたオメガたちの中で、自分だけがただ偶然拾われただけの庶民で、野《の》良《ら》オメガなのだ。

（唯一……俺だけが、ユーディウにふさわしくないオメガ……）

その事実は、ジブリールの胸を駄目押しのように抉った。

彼らはジブリールに視線を向けてくる。

中でも目立っているのが、際立って美しい一人だった。

彼はカウチソファに片肘を突いて寝そべっていた。足許に数人のオメガたちが控えているせいか、なんとなく、彼がこの場の中心人物であるかのようにも見えた。

「新しいオメガを紹介します」

と、イスマイルは言った。

「ジブリールです」

挨拶するように促され、ジブリールは頭を下げた。

「……よろしくお願いします」

広間にいたオメガたちも、順番に名乗る。その美人は、ファラーシャと言った。彼はジブリールを見て、鼻で笑った。

「ユーディウも物好きだな」

それに呼応するように、他のオメガたちもくすくすと忍び笑いを漏らす。ジブリールはかっと頬が火照るのを感じた。摑みかかりたいような衝動に襲われたが、ぐっと堪える。初日からトラブルを起こすわけにはいかない。

（……先が思いやられる）

小さくため息をついたとき、ふいに背後で羽ばたきが聞こえた。

はっと振り向けば、大きな孔雀が瑠璃色《るりいろ》に輝く羽をひろげていた。

（く、孔雀……！）

孔雀宮だからか。もしかして宮殿で飼っているのか？　ジブリールは目を剝《む》いた。

「皆、そろっているね」

孔雀のすぐ後ろには、一人の男が立っていた。

（王子……！）

ユーディウが帰宮したのだった。

「殿下……！」

イスマイルが礼をし、他のオメガや小姓たちも倣《なら》う。だが、ジブリールはする気になれず、ただ突っ立っているばかりだった。

「お早かったですね」

「うん。仕事は終わったし、後宮のことも気になったからね。――ジブリール」

名を呼ばれ、反射的に顔をあげる。

「ただいま。皆と仲良くできそうかい？」

（仲良く……？）

反目するつもりなどなかったが、そのあまりに無邪気な言葉にかっときた。ジブリールは答えることができず、目を逸らす。ユーディウに裏切られたような気持ちが消せなかった。

「みんなも仲良くしてやってくれるね？　ファラーシャ？」

「何故、俺？」

「四翼の後宮を仕切っているのは君だろう？」

「まあ、そうかもな」

ユーディウはファラーシャを軽く抱き寄せる。

「ただいま」

「お帰り」

「ただいま。私のオメガたち」

他のオメガたちもまた次々に彼の許へ行き、抱きあって挨拶をかわしていく。

だが、ジブリールはどうしても傍へ行く気にはなれなかった。

「ジブリール」

ユーディウが自ら歩み寄ってくる。ジブリールはなかば無意識に後ずさった。

「ジブリール？」

「……っばか！」

ジブリールは思わず叫んでいた。王子に対して、ありえないような暴言であることさえ浮かばなかった。

「嘘つき……!!」

踵《きびす》を返し、大広間を飛び出す。

「ジブリール……!?」

勝手もわからない後宮の中を、闇雲に走った。モザイクタイルの埋まった廊下を奥へ進む。本当は出口に向かいたいのに、方向もわからなかった。

「ジブリール!!」

ふいに手首を掴まれた。ユーディウだった。

追ってきてくれたことが、一瞬嬉しくなるけれども。

「放せよ……！」

ジブリールはその手を振り払おうとしたが、ユーディウは放してはくれなかった。

「放せってば……!!」

「放したからといって、どこにも行けやしないよ」

「……っ……」

たしかにこの後宮は閉ざされていて、自由に出入りすることはできない。そしてまた、飛び出しても行くところがないのもまた変わりない事実だった。

だからこそ一度は、おとなしくここにいようと思ったのだ。でもユーディウの顔を見ると、平静ではいられなかった。

「私がなんの嘘をついたって？」

「……嘘じゃん、全部……っ」

「嘘をついたつもりはないが」

そう――ユーディウは一度も、ジブリールのことを愛しているとか、おまえだけだとかは言わなかった。嘘をついたわけではなかったのかもしれないけれど。

（俺が勝手に思い上がってただけで……！）

馬鹿だったのだ。

そう思うと、また泣いてしまいそうだった。


「――か……家族になれるって言ったじゃん……！！」

「ああ。アルファの男子を産めばと、そう言った」

女児だったら？　アルファじゃなかったら？

――ジブリールのそんな疑問は、正しかったのだ。

あのときは、ユーディウと家族になれるという言葉に目が眩んで、深く考えないようにしてしまったけれど。

（……この人にとってはアルファの男子だけが大事。アルファの男子を挙げれば、王位継承者になれるから）

でも。

「そんなの家族じゃない……！　愛しあった二人が夫婦になって家族をつくるんだろ!?」

「私は自分のオメガたちを皆愛しているよ。あとは、おまえたちが私を愛してくれればいいだけだ」

「な……」

ジブリールは一瞬、絶句した。

「そんなの違うだろ……!?」

みんなに平等に分け与えられる愛なんて、愛じゃない。

「そんな家族で、王子は本当にいいのかよ……!?」

「じゃあ、おまえの家族みたいなものが『家族』なのか？　私の両親と兄のような家族は、家族じゃない？」

「……っ……」

言葉が出てこなかった。

ジブリールの両親は愛しあって結婚した。子供たちのことも愛してくれていたと思う。なのに、ジブリールがオメガだったというだけで、壊れた。否――もしかしたらジブリールを欠いても、何ごともなかったかのようにあの温かい家族のまま続いているのかもしれないけれど。

「いろいろな家族がある。それでかまわないだろう？」

それは、そうなのかもしれないけれど。

（でも、王子の言ってるのは、違う……！）

彼は、全然わかっていないと思う。アルファの男子を挙げるためだけの家族なんて、絶対違う。

けれどもどう言えばそれが伝わるのか、わからなかった。

「いずれにせよ、おまえがここから出ていくことはゆるさない。出ても身を売って暮らす以外の道はないことくらい、わかっているだろうがな。おまえは、もう私のオメガなのだから」

ジブリールは反論できなかった。彼の言ったことはすべて事実だったからだ。

ユーディウがジブリールの手を放す。

「――カミル、だったか？」

そしてふいに小姓の名を呼んだ。ジブリールははっと顔をあげる。柱の陰に立ち尽くすカミルがいた。彼もまた、ジブリールを心配して追ってきてくれていたのだ。

「ジブリールを部屋まで連れていってやれ」

「……はい。……かしこまりました」

ユーディウは踵を返し、立ち去っていった。入れ替わりにカミルが駆け寄ってくる。

「ジブリール様……！」

そんな彼の幼い姿に、二度と会うこともない末弟の姿が重なって見えて、涙が零れた。

「ジブリール様……!?」

「……何でもない。……ごめんな」

「いいえ、そんな」

カミルは首を振った。

「……お部屋に帰りましょう。いつお入りになられてもよいように、整えてあります」

ジブリールは、頷くしかなかった。

出られないのもさることながら、他に行くところもなかった。

4

結局、衛兵に守られた分厚い扉を出ることはできないまま、ジブリールの本格的な後宮での生活がはじまった。

ユーディウに暴言を吐いたことで、罰を受けるかもしれないと覚悟していたが、彼からは特に何の咎めもなかった。

「殿下は寛大なおかたですから」

と、カミルは言うが、むしろ気にしていないだけではないかとジブリールは思う。

(俺のことなんか)

朝は遅く起きて寝床で朝食をとり、風呂を使う。

後宮のオメガたち共用のかなり巨大なもので、ユーディウの専用浴場とは違い、温めた大理石の上に横たわって小姓たちに身体を洗ってもらう形式になっている。こちらのほうが、街にいた頃のジブリールの習慣に近かった。

(他人に洗ってもらうとかはなかったけど……)

正直、素肌を晒すのには抵抗があるが、仕方がない。

共同浴場では、皆だらだらと長い時間を過ごす習慣のため、よく他のオメガたちと一緒になった。

そのたびにちょっとした嫌味を言われたり、鞘当《さやあ》てが起こるのでできれば避けたいのだが、なかなかそうはいかなかった。今日のように人のいない日はめずらしい。

カミルたちが教えてくれたところによると、イスマイルが集めてきたオメガたちは、やはりみな名家の出身なのだという。

「名家にもオメガっているんだな……」

「アルファとオメガの組み合わせではアルファが生まれる確率も高くなるみたいですが、同様にオメガが生まれる確率も高いと言われていますから」

子供とはいえ、長く四翼に仕えているカミルたちは、ジブリールより諸般の事情によほど通じていた。

「名家のオメガたちって、みんなやっぱりどこかの名家の後宮に入るの？」

「そういうこともあるみたいですけど、後宮に入っても、ここみたいには……」

カミルたちは顔を見合わせる。

「ここみたいって？」

「四翼のオメガの皆様は贅沢《ぜいたく》に優雅に暮らされてますけど、余所《よそ》はひどいところも多いらしいですよ。売り飛ばされたり、虐待を受けたり……。僕たちも噂でしか知りませんけど」

オメガの身分が低いのは、庶民も上流階級も一緒であるらしい。そう思うと、ますます憂鬱な気持ちになる。

そんなジブリールの気分を盛り立てようと、カミルたちは慌てて話題を変えた。

「そういえば、ファラーシャ様は王族の出らしいですよ」

「王族……？」

ジブリールは目を見開く。

「ええ。ユーディウ殿下とは従兄弟同士だとか」

「へえ……」

驚きながらも、なんとなく納得する。

「そっか……みんな綺麗だけど、ファラーシャだけは中でもちょっと雰囲気違うもんな」

纏う空気感というか、つい膝を突かされてしまうようなオーラを感じるのだ。そのあたりは少しだけ、ユーディウに近いものがあるような気もした。

「俺がどうしたって？」

そのときふいに降ってきた声に、ジブリールはびくりと飛び上がりそうになった。振り向くまでもない、ファラーシャだ。

（油断した……たまたま誰もいないと思って）

ジブリールはそろそろと石台の上に起き上がった。

ファラーシャは自分付きの小姓たちだけでなく、他のオメガたちも引き連れていた。ユーディウの寵《ちょう》を争う、いわば恋敵なのではないかと思うのだが、いつのまにか彼らはファラーシャの配下に入ってしまっているのだった。

「別に何も」

ジブリールは笑ってごまかそうとする。

「俺の名前が聞こえたけど？」

悪口を言っていたつもりはないが、彼の出自について噂していたのは事実だったので、少しばつが悪かった。

「あの……、ただお綺麗だって話してたんです。……他の皆さんも……ここへ来て驚いたので。オメガっていうのは、こんなにみんな綺麗なのかと」

以前から思っていたとおりに口にすると、ファラーシャは鼻で笑った。

「鏡を見てみるんだな」

一斉に取り巻きたちも笑う。

「ま、みんなじゃないことは、たしかみたいだな」

そして嘲《あざけ》りながら中央の一番大きな石台を陣取って、入浴をはじめた。

自分だけ見劣りがするのは最初から自覚があったので、言われても何ともないが、一応褒めた相手に対してその返しはないのではないだろうか。ジブリールはため息をつかずにはいられなかった。

「あ……あんまりです、ジブリール様は褒めたのに……！」

「そうですよ、あんまりです！」

彼らが去ると、小姓たちが口々に言い募った。自分に味方してくれる気持ちは嬉しいが、だからといってこれ以上騒ぎにするつもりもない。

「気にしてないって。ほんとのことだしさ」

ジブリールは宥《なだ》めにまわった。

「ジブリール様……」

「ジブリール様、でも大丈夫です……！　ジブリール様はこれからです！　これから手入れをしていけば、きっと肌だって、ファラーシャ様に負けないくらいすべすべになりますよ！」

「そうですよ、私たち頑張りますから……！」

カミルたちの慰めに、ジブリールは苦笑した。

いくら磨いてくれてもファラーシャと張り合うほどになるのは無理だろうし、対抗したいという意志もないのだけれど。

入浴を終えると、自室か大広間で菓子を食べたり茶を飲んだりしながら会話を楽しんだり、後宮の庭を散歩したりしてのんびりと過ごす。庭にはたくさんの孔雀が放してあって、人の手から餌《えさ》を食べる。ひどく優雅だった。

実家を追い出されてからの暮らしを思えば、ここは天国とも呼べたかもしれない。オメガにとって数少ない安住の地であることは間違いなかった。ジブリールにとっては、初めてのゆったりとした暮らしでもあった。

逆に言えば、

（……退屈）

掃除も洗濯も料理を運ぶのも、身支度を整える手助けも、全部小姓たちがやってくれる。つまり、ジブリールたちオメガには、ほとんど何もすることがないのだ。

（贅沢言ってるってわかってるけど）

本来ならジブリールの仕事はユーディウに仕えることなのだろう。けれども発情期以外には、召《め》されることもないようだった。

（まあ……お召しはないほうがいいんだけど……）

あれ以来、ユーディウとは気まずいままだった。というか、ジブリールが一方的に避けていた。ユーディウは、もしかしたら何も気にしてなどいないのかもしれない。

オメガたちを公平に扱うのはユーディウなりの信条ではあるらしく、他のオメガと同様に普通に声をかけてくるのだ。

ジブリールさえ融和的に振る舞えば、ユーディウのオメガの一人として平和に暮らせるのかもしれないとも思う。

でも、抵抗が抜けない。

他のオメガたちと楽し気に過ごす彼を横目で見ながら、ジブリール一人だけが頑《かたく》なだった。そんなジブリールに対して、他のオメガたちの目は当然のように冷たい。

(……こんな気持ちで、本当は後宮に置いてもらうべきじゃないんだろうけど……)

出ることを阻まれ、また脱走を図るような勇気も持てないままで、四翼での日々は過ぎていった。


「はい、口を開けて」

言われるまま口を開けば、平たい鉄の棒で舌を押さえられ、喉の奥を覗かれる。脈を取られたり、胸の音を聞かれたり、懐妊していないかを調べられたりもする。

医務所に一人ずつ呼ばれ、毎週健康診断を受けるのは、四翼の決まりだった。

イスマイルが記録を書きつけるあいだ、ジブリールは手持ち無沙汰《ぶさた》に室内を見まわす。本や書類が溢れ、雑然——というよりは、むしろ混沌とした部屋だった。

「あの……」

「なんです?」

「……ここの本ってみんな先生の本なんですか?」

「まあ、そうですね。本宮の図書館から借りているものもありますが……。それがどうかしましたか?」

「何か貸してもらえませんか?」

「え?」

イスマイルは目をまるくして、書類から顔をあげた。

「読むんですか? おまえ、字が読めるんですか?」

「はい。……まあ」

庶民には、字が読める者はほんの一握りしかいない。ジブリールがその一人だということに、イスマイルはだいぶ驚いたようだった。

「そういえば……、おまえの父親は導師でしたね」

「はい」

最初に聞かれたときにそう答えたのだが、後宮に入れる以上は、そのあときちんと身許は確認されているらしい。

「とは言っても、ここにある本は比較的難しいものばかりです。おまえに読みこなせるかどうか……。しかもほとんどが医学書ですよ。医学に興味があるんですか?」

「……それほどでも……」

と、答えるほかはない。

「でも、ここにいると何もすることがないし……。あ、でも医学というか、オメガには興味あります!」

「オメガに?」

「俺、まさか自分がオメガになるなんて考えたこともなかったから、オメガのことほとんど何も知らないんです。……アルファのことも」

だから、できることなら今からでも学びたかった。

「……なるほど」

イスマイルは頷いた。彼は立ち上がると、積みあがった本の山の中から一冊を引き抜いた。それと同時に山が崩れる。

「うわっ」

落ちてきた本は、ばさばさとイスマイルの上に降りかかった。

「大丈夫ですか!?」

「……大丈夫です」

イスマイルは軽く咳払《せきばら》いをした。手にした本を、ジブリールに手渡す。

「とりあえず、この本を貸してあげましょう。ここにある本の中では読みやすいほうだと思いますよ」

「ありがとう! ……ございます」

ジブリールは頭を下げた。

「これで今日の問診は終わりです。行っていいですよ」

「はい」

本を受け取って、出ていこうとする。そしてふと、思いついた。

「あの、その本……」

崩れた本の山を見下ろす。

「ああ、別に気にしなくていいですよ。いつものことですから、適当に積んでおけば」

「よかったら、整理するの手伝いましょうか？」

イスマイルは一瞬目を瞬かせる。

「手伝う？」

「どうせ暇にしてるので……」

出過ぎたことを言ったかと思いながら、付け加える。

「……そうですね……。字が読めるなら、本の整理もできるでしょうね。前々からなんとかしたいとは思ってはいたんですが、……ただ殿下のオメガに手伝わせるとなると、許可をとらないと」

「そんな大袈裟《おおげさ》な。ちょっとだけですから」

イスマイルは少し考える。

「では少しだけ、お願いできますか？」

「はい！」

やることができた嬉しさに、ジブリールは思いきり前のめりに頷いた。

下っ端のジブリールは検診の順番も最後だったから、それからすぐにカミルたちにも手伝わせて、本を片付けた。

まずは積み重なった本を分類しつつ退け、その奥にある書棚を発掘する。けれどもその作業だけでも、一日ではとても終わらなかった。

「凄い量ですね……」

なかなか手がつかなかった気持ちもわかるというものだった。

「まあ……いつのまにか増えてしまって」

イスマイルは、眼鏡の中心部分を指で押し上げる。

「でも、明日も来ますから！」

「もうけっこうですよ、これ以上は。それに書棚には少しは空きはあるはずですが、とてもこれ全部は納まらないし、棚自体を増やさないと」

「……。どこに……？」

室内を見まわす。壁は既に全部書棚や医療器具で埋まっていて、増やす場所など見当たらなかった。

「ユーディウ殿下にお願いして、隣の部屋も使わせていただくしかないでしょうね……。たしか空いているはずですし、許可はいただけるかと。ただ、長く使っていないので、そこも大掃除が必要になるでしょうが……」

「やります！」

ジブリールは喜々として言った。

「そうは言っても……、おまえは召使《めしつか》ではないのですから、いくらなんでもユーディウ殿下のオメガをそこまで扱き使うわけには」

「俺がやるって言ってるんですから……！　いくら王子の……殿下のオメガだからって、それくらいのことは自分で決めてもかまわないでしょう？」

「まったく……」

ジブリールの訴えに、イスマイルはため息をついた。

「おまえには自覚が足りない」

「そうでしょうか？」

ジブリールにはよくわからない。

「おかしな子ですね。そもそも何故そんなに働きたいんだか」

問われて、首を傾げる。

「……習慣なので……」

何もせずにいると落ち着かないのだと思う。

「まあいいでしょう。殿下には私からお話ししておきます。今日のところは、もう終わりにしましょう」

それで日暮れ前には解散になった。

医務所を出ると、カミルたちが纏わりついてきた。

「ジブリール様、字が読めるんですね！」

「凄いです……！」

彼らは口々に褒めてくれるけれども。

「別に凄いってほどじゃ……」

（……っていうか、この子たちは読めないのか……）

日頃の生活には特に必要なかったので、気づかなかった。幼い頃から宮殿に勤めていても、学ぶ機会はないものなのかと思う。

「あ……だったら」

ふとジブリールは思いついた。

「俺が教えようか？　読み書きくらいなら教えられると思うし」

「えっ!?」

カミルたちは声をあげて驚いた。

「ほんとですか!?」

「でも私たちはとてもそんな……身分では」

「字を習うくらいで、身分なんて関係ないって」

「で……でも、ご迷惑なんじゃ……？」

「暇してるんだから平気だってば」

ユーディウの許可がとれれば医務所の片づけを手伝うことになるだろうが、空き部屋の掃除が終われば、新しい棚が来るまではあまりすることもない。だらだら過ごすより、ずっと有意義だと思う。

「俺でよかったら、みんなの仕事の邪魔にならない範囲で」

「わあ……！」

「ありがとうございます！」

子供たちの喜ぶ顔が可愛くて、また弟妹たちを思い出す。

胸に少し切なさを覚えながら、ジブリールは微笑《ほほえ》んだ。

翌日から、ジブリールはカミルたちに文字を教えたり、医務所の片づけを手伝ったり、にわかに忙しくなった。

ちょうど少しだけ涼しくなる季節でもあり、大広間では他人の邪魔になる――邪魔されることも考慮して、昼間に庭に出て勉強した。

(それでも、通りすがりに嫌味を言われたりはするんだけど。導師気取りで偉そうにとか、字を教えるなんて小姓を甘やかしてるとか……)

別に気にしなければ済むことだ。

それよりも気になるのは、他のオメガ付きの小姓たちが、羨ましそうにちらちらこっちを見ていることだった。

(あの子たちも字を習いたいのかな?)

だったら一緒に教えても、ジブリールはかまわないのだが。

(ファラーシャたちが簡単にゆるすわけないけど……)

交渉してみる価値はあるだろうか。

カミルたちは、ゆっくりとだが字を覚え、書ける単語も増えていった。

石板に懸命に綴《つづ》る彼らの姿を眺めながら、ジブリールは昔のことを思い出す。

(そういえば、以前は俺も導師になりたいって思ってたんだよな……)

導師は宗教的指導者だが、信者に教義と、それにともなって字や簡単な勉強を教えたりもする。オメガになどならなければ、ジブリールもそうなれていたのかもしれなかったのに。

教壇に立つ父は、あの頃のジブリールの憧れだった。思い出すと、鼻の奥がつんとする。

(オメガには、やっぱ無理かなあ。……無理だよな……)

何しろほとんど悪魔扱いされているくらいなのだ。なりたくてなったわけでもないのに、理不尽だと思う。自分がオメガであることに、ジブリールは今でも心からは納得できていなかった。何故自分でなければならなかったのか。言っても仕方のないことだとわかってはいるけれども。

（家族になれるって王子に言われたときは……オメガでよかったのかもしれないって思ったけど……でも）

「……様、ジブリール様」

「できました！」

呼びかけられて、ジブリールははっと我に返った。いつのまにかついぼんやりと考え込んでしまっていたようだった。

カミルたちは、ジブリールが言った単語を石板に書きつけていた。主に、菓子や果物の名前だ。それを見て、ジブリールは大きな丸を付ける。

「よくできました」

褒めれば無邪気に喜ぶのが可愛らしい。

「そろそろ休憩にしようか。中でお茶でもいただこう」

「あ、それだったらここに運びましょうか。せっかくいい風だし」

「それもそうだな」

とジブリールが答えると、

「じゃあ、持ってきますね」

「ついでに御菓子もな。文字にしてたら食べたくなってきた」

「はい！」

三人でぱたぱたと建物の中へ駆けていく。

そんな背中を見送って、ジブリールはテーブルに頬杖を突いた。海を見渡せるこの場所は、ジブリールのお気に入りだった。

（気持ちいい……！）

顔を撫でていく風が心地よくて、うっとりと目を閉じる。

「いい風だね」

そのときふいに声が降ってきた。

反射的に顔をあげれば、ユーディウが立っていた。

（王子……っ）

ひさしぶりに間近で顔を見た。わだかまりなどまるでないかのような微笑が眩しくて、ジブリールは一瞬見惚れてしまう。

「座っていいか?」

問いかけられ、ジブリールははっと顔を背けた。

ユーディウはなかばわざとらしく大きなため息をついた。

「そろそろ、口ぐらいきいてくれてもいいんじゃないか?」

あれからジブリールは、ユーディウに話しかけられても応えたことがなかったのだ。わざと無視しているというわけではなく、どうしても話をする気持ちになれなかった。

けれどもジブリールにしても、こんなふうに頑なでい続けるのがいいと思っているわけではない。実際に四翼の後宮に住まわせてもらって——閉じ込められているとも言うが——ユーディウに保護してもらって、たすかっているのは事実なのだ。ここの暮らしは、外とはくらべものにならないくらい快適だった。

「ジブリール?」

ユーディウは再度促してくる。ジブリールが応えずにいると、彼は苦笑しながらかまわず向かいに腰を下ろしてきた。

そしてテーブルの上に小さな籠を置く。上には布が被せてあり、もぞもぞと微かに動いていた。

「……?」

「中を見てごらん」

促され、ジブリールはそっと布をはぐってみた。

「雛《ひな》……!?」

そして目を瞬かせる。

籠の中にいたのは、両手に乗るくらいの大きさの、わずかに黄みがかった白い鳥だった。羽毛の頼りなさで、まだ幼い雛だとわかる。雛はつぶらな黒い瞳で、首を傾げてジブリールを見上げていた。

「やっと声が聞けた」

ユーディウは笑みを浮かべた。ジブリールははっとする。ひどくばつが悪かった。

「でも、前の喋りかたのほうがよかったな。おまえらしくて可愛かったのに」

「……イスマイルが殿下には敬意を払えと」

「よけいなことを。あいつは真面目《まじめ》過ぎるな」

「……こんなところに二人きりでいたら、依怙贔屓《えこひいき》だと思われます」

「これくらい、依怙贔屓には入らないよ」

彼は籠に目を落とした。

「白孔雀の雛だよ」

「白孔雀……」

孔雀宮の名に因《ちな》み、四翼には多くの孔雀が放し飼いにされている。瑠璃色のものがほとんどだが、中には白いものも混じっていた。

ユーディウは籠から雛を取り出し、ジブリールのてのひらに乗せた。温かさと小さな鼓動とが、じんわりと伝わってきた。

「可愛いだろう？」

ジブリールは頷いた。

「ちょっとおまえみたいだと思ってね」

「え、俺……!?」

驚いて思わず声をあげてしまう。そういえば以前、ユーディウに肌が白いと言われたことはあったけれども。

（でも、いくら何でも……）

白孔雀は、大人になると神々しいほど美しく羽をひろげる鳥なのだ。ユーディウが似ていると言ったのは、このまだ羽の生えそろっていない雛のことではあるのだろうけれど。

戸惑うジブリールにかまわず、ユーディウは続けた。

「少し前に飼育舎のほうで孵《かえ》ったんだ。飼ってみないか」

「俺が!?」

「育てかたはカミルたちが知ってる。そう難しくはないよ」

孔雀を飼うなんて考えたこともなかった。それに、承知したらユーディウの懐柔策に乗ってしまうようで少し悔しい。

（……でも可愛い）

雛は愛らしくて頼りなげであたたかい。このまま手放したくない。

「じゃ、じゃあ……」

飼ってみますとジブリールが答えると、ユーディウはやわらかく笑みを浮かべて頷いた。

（……ばか）

こんなふうにして、いつも女性やオメガたちを手《て》懐《なず》けているのだろうか。……嫉妬めいた思いを抱いてしまう自分がいやになるけれども。

「……これは？」

ユーディウはふと、テーブルの上を見て聞いてきた。石板を取りあげて、眺める。

「あ……それは、カミルたちに字を教えていて……」

「字を？」

ユーディウは鸚鵡返《おうむがえ》しにしてくる。目をまるくして、かなり驚いたようだった。

「おまえが？　どうして？」

「……どうしてって言われても……。何もしないでいると退屈だし、みな覚えたいというので」

そんなにおかしなことだろうかと思いながら、ジブリールは答える。

「そういえば、父親は導師だったと言っていたね」

「はい」

「バクラヴァ、マクルード……菓子ばかりだな」

「好きなもののほうが覚えやすいですから」

「子供だからね」

ユーディウの指が髪にふれ、ジブリールはびくりと身を竦めた。頬が火照る。挨拶としての抱擁もずっと拒否してきたから、ふれられるのは本当にひさしぶりのことだった。

ジブリールは避けようとするが、ユーディウはやめてくれなかった。

「おまえは面白い子だね」

と、彼は言った。

「字を教えはじめた子は初めてだ」

……褒められているのだろうか。

個性を認められたようで嬉しい反面、比較する言葉に他のオメガたちの存在を感じてしまう。我ながら卑屈だとは思うけれども。

「褒めているんだよ、勿論」

そんな思いで見上げれば、考えていることが伝わったのか、ユーディウは言った。

「――そうだな、何か欲しいものはないか？」

「欲しいもの？」

「ご褒美に何でも買ってあげるよ？」

「そんな……別に何も」

「欲がないな。どんなおねだりでも聞いてあげるのに、願いごとはないのか？」

「……」

本当は多分、ない、わけではなかった。けれどジブリールの脳裏を過った願いは、とても口にすることなどできないものだ。

「ご褒美をいただくようなことはしてないですし……今、この子をもらいましたから」

ジブリールは雛を撫でた。

「それに、……お城に住まわせてもらって、たすかっていることは事実ですし……感謝してます」

やっと言えた。ジブリールの中に今も渦巻く複雑な気持ちは別として、そのことだけは伝えたかったのだ。

「ゆるしてくれるんだ？」

「……」

その問いに頷くことはできなかったけれども。

「……どうして俺のことなんか、かまうんですか？」

かわりに、ずっと抱いてきた疑問を、ジブリールはぶつけた。

「え？」

「他にもオメガはたくさんいるんだし、俺一人のこ

となんかどうだっていいでしょう」

　こんな素直じゃないオメガなんて、放っておけばいいのだ。なのに、ユーディウは懲《こ》りずにこうして何度もジブリールに話しかけてくる。

「そうだな」

　と、彼は言った。

「でも、ジブリールは一人しかいないから」

「……っ……」

　さらりとそんなことが言えるなんて、さすがに「孔雀宮の華」だと思う。遊び人と呼ばれているのは伊達《だて》ではないのだ。

　そんなことはわかっているにもかかわらず、ジブリールの鼓動は跳ね上がる。

「ジブリール」

　髪に絡めていた手で、ユーディウがジブリールを引き寄せる。ユーディウの綺麗な顔が近づいてくる。

　唇がふれた。

「んっ……」

　ジブリールは逃げようとしたが、逃がしてもらえなかった。苦しくてつい開いた口内に、ユーディウの舌が入り込んでくる。

「んん……っ」

　ぞくぞくしてたまらなくて、顔が火照る。その火照りはすぐに全身へと広がってしまう。

「……っ」

　ジブリールは流されそうになる自分と必死になって戦い、ユーディウの唇に噛みついた。

「ジブリール……」

　ユーディウが驚いたように目を見開き、唇を拭った。彼の瞳の中に、初めて当惑を見たような気がした。

　彼は前に、

　――おまえは、もう私のオメガなのだから
　そう言った。

　たしかにジブリールはユーディウのオメガだ。でも後宮には他にも何人ものオメガがいる。彼らを公平に遇し、誰も特別扱いしないのが四翼後宮を平和に保つためのユーディウの方針だ。
ユーディウは、誰に対してもやさしいが、同時に強く思い入れることがない。
――願いごとはないのか?
ユーディウの問いが耳に蘇る。
「王子は俺だけのアルファじゃないから……!」
ジブリールはなかば無意識に叫ぶと、ユーディウの前から逃げ出した。

5

「だいぶ片付いてきましたね」

新しく届いた本棚のいくつかに本を並べ終わって、ジブリールは室内を見まわした。

「そろそろお茶にしようか」

「じゃあ、私たち支度します！」

カミルたちが嬉しそうにばたばたと部屋を出ていく。おやつを喜ぶ姿は、いつもながらとても子供らしくて微笑ましかった。

休憩用に持ち込んだクッションに座り、雛を膝に抱いてイスマイルとともに待つ。

「そういえば」

ふと、彼は言った。

「ユーディウ殿下と喧嘩《けんか》でもしたんですか？」

「えっ……」

ジブリールは目を見開いた。

「な、なんで……っ、お……殿下が何か？」

まさかと思いながら問い返す。イスマイルにユーディウとのことを聞かれるとは思わなかった。

「おまえが殿下にちょっかいをかけられても無視していたのは前からでしたけどね。以前はそれをむしろ楽しんでいらっしゃるかのようだった殿下が、この頃はなさらなくなった」

たしかに、最近ユーディウが話しかけてこなくなったのは、ジブリールも気になっていた。

拒んでおいて、ユーディウのほうから距離を置かれると不安になる。我ながらどうしようもないものだと思う。

「そろそろ、殿下をゆるして差し上げたらどうですか？」

「ゆるすって……そんな僭越《せんえつ》な」

「僭越ですって？　殿下に馬鹿とまで言ったおまえ

が、そんな言葉を使うとはね」

「う……あれは……っ、つい……」

イスマイルは唇の端をわずかに上げた。

「おまえは、殿下の相手が自分一人でないことが気に入らないのでしょうが」

「……だって」

王子相手に、そんな身のほど知らずのことを言うほうがおかしいのだろうけど。

けれども、やはりどうしても嫌だと思わずにはいられない。好きな相手を誰かと共有するなんて、堪えられなかった。そしてそれは人として扱われていないということにも通じる気がした。

（……オメガだから）

なのにユーディウは、まるで悪いと思っていないかのような態度をとる。その綺麗な顔を見ていると、ますます腹が立ってくるのだ。

「殿下はアルファの王子として特別な環境で、特別な教育を受けて育てられて……そのせいか、少し感覚がずれているところがあるだけで、悪い人ではないのですがね」

「……どうだか」

やれやれ、とイスマイルは肩を竦めた。

「あれでけっこう可哀想《かわいそう》な人でもあるんですよ」

「え……？」

あの「孔雀宮の華」が、可哀想？

まったく結びつかない言葉に、ジブリールは顔をあげた。イスマイルの得意気な顔は不快だが、どうしても気になってしまう。

「おまえには少し話しておきましょうかね」

と、イスマイルは言った。

「国王陛下はご立派なかたですが、父親としては特に子供たちにかまうこともありませんでしたし、年の離れた兄上は反抗的に育ち、御父上や重臣がたに逆らって投獄……」

「投獄……!?」

そういえば前に、兄は遠くにいるとユーディウに聞いたことがあった。

（……遠くって、投獄されてたのか……）

イスマイルは頷いた。

「殿下だけが頼りとなった御母上は、兄上のようにならないよう、誰にでも愛される完璧な人間になれとお育てになりました。……そのとおりに、殿下は完璧なかたですが、どこか欠けたところがあるようにも思える」

「欠けた、ところ……」

「寂しさとでも言えばいいでしょうかね。それをおまえに埋められたらいいと思うのですが」

「……俺なんて」

他の選《え》りすぐりのオメガたちと違う。街で拾われただけの野良オメガに、何ができるというのだろう。

「どうして俺が？」

「さあ……？　少しばかりおまえの毛色は他のオメガたちとは違う気がするからでしょうかね」

「毛色……」

たしかに、もともとの身分が違うという意味で、毛色は違うと言えるだろうか。

「でも……四翼のオメガたちは、あなたが殿下のために選んだ人たちなんでしょう？　なのに、もしかして俺が……アルファの男子を産んだりしても、いいんですか……？」

せっかく捜してきた、いわば自分の子飼いのオメガではなくて？

「重要なのは、殿下がアルファの男子を得られること。贅沢を言ってはいられません。……それに何より、私は殿下がしあわせになってくだされば、それでいいと思っていますから」

ジブリールには、そんなイスマイルの答えは意外に感じられた。なんだか短いあいだに彼のイメージはずいぶん変わったように思う。

「すみません、遅くなってしまって……！」

ちょうどそのとき、カミルたちが茶と茶菓子を持って戻ってきた。

彼らは謝りながら、急いでテーブルを設《しつら》える。

別にかまわないのだが、たしかに時間はかかっていた気がした。

「何かあった?」

「いえ、それほどのことは……。ただ、他のオメガ付きの小姓たちに字の勉強のことを聞かれて……」

「何で?」

「ちゃんと覚えられてるのかと」

「ひどいんですよ! どうせ無駄だとか、頭が悪いくせにとか、自分たちのほうがずっと賢いのに何でおまえたちだけとか」

「ふうん……」

ジブリールは考える。

「やっぱり、字に興味があるのかもしれないな」

「えっ」

「いや、だって悪口を言ってたんですよ?」

「自分たちのほうが賢いって言ったんだろ? やっぱ習いたいんじゃないかな?」

ジブリールの意見に、カミルたちは顔を見合わせる。

「それに、他にも字を習いたい子がいるんじゃないかな? もしいたら、一緒にやっちゃってもいいと思うんだけど」

「ええ……!?」

「この部屋、本棚を必要なだけ置いてもまだスペースは余ってるし、教室として使えるんじゃないかと思うんだけど……」

と、イスマイルを振り返る。彼は若干いやそうな顔をしながらも、否定しなかった。

「そうですね……まあ使えるでしょうね」

「じゃあ、殿下に許可をとってもらえる?」

ジブリールは胸の前で指を組んで頼む。

「自分で頼んであげると喜ばれると思いますけどね」

「……そんなことはないと思うけど……」

これまでの経緯から、ジブリールからユーディウには頼みごとはしにくいのだ。

——どんなおねだりでも聞いてあげるのに

と、ユーディウに言われたことはあったけれども、

（でも俺、王子の唇、嚙んじゃったし）

「まあ、いいでしょう。後宮のことは私に任すと言っていただいているし、あとで報告だけすればいいでしょう」

「ありがとう！」

イスマイルにユーディウとの交渉を任せてしまうと、ジブリールはカミルに雛を預け、立ち上がった。

「他にも希望者がいないかどうか聞いてみる！」

「え、ええ？　今からですか!?」

「勿論！　あ、みんなはお茶しててくれていいよ」

「ジブリール様……！」

小姓たちが止めるのも聞かず、ジブリールは大広間へと向かった。

ただ片づけを手伝うとか、自分付きの子たちに字を教えるだけでなく、もう少し本格的な教室がやれるかもしれない。

そう思うと、わくわくしてたまらなかった。

（それに、忙しくしていれば、王子のことも忘れられる。きっと）

と、ジブリールは思った。

……とはいうものの。

広間に駆け込んだ途端、みなの視線が集中すると、なんとなくやりにくい。

ジブリールは軽く咳払いをした。

「あの……ええっと、実は今、うちの小姓たちに文字を教えてるんだけど、もし他にも習いたい子がいたら、一緒にどうかと思って……」

奴隷に文字を教えるというのは、ジブリールが思う以上にインパクトのある提案だったらしい。そう口にすると、皆が一気にざわついた。

そんな中で、何人かの瞳がきらきらと光る。答え

を促すつもりで、ジブリールは続けた。

「導師だった父の助手をしていたので、俺も一応、読み書きや簡単な計算とか、いろいろ教えられるし、そのへんは安心してくれて大丈夫なので……」

何人かの小姓たちは、ぱっと浮き足立って自分の主人を見上げた。

ジブリールが意外に思ったのは、オメガの中にも表情が揺れた者がいたことだ。もしかしたら名家の生まれであっても、早いうちにオメガであることがわかると、あまり教育を受けられないこともあるのだろうか？

ひどい話だが、そういうことがもしあるのだとしたら。

「もしよかったら、オメガの皆さんもぜひ、……見学だけでも」

ジブリールはにこにことフレンドリーな笑みを浮かべて待つ。

「――奴隷に勉強だって？」

だが、唇を開いたのは、ファラーシャだった。一気に空気が凍りついた。

「それにオメガだって、ここではユーディウの子を産むのが仕事なんだ。教養なんて、敢えて身につける必要ないだろう。面白いものでもない」

そんな言い草に、ジブリールはむかついた。そのとおりなのかもしれないが、それではまるで産むための道具だってことを、自分で認めているみたいじゃないか。

「――そう言う割には、あなたは読み書き計算、なんでもできるみたいですけど？」

「できたらどうだっていうんだよ？」

「他の人の邪魔をすることはないでしょう、って言ってるんですよ……！」

「そもそも奴隷に文字なんて必要ないだろ」

「そんなことありません。読み書きできるに越したことはないし、何しろど――」

泥棒をやっていたって、目当てのものを探すのにとても有用だったくらいなのだ。役に立たないなんてことはない。

……と言おうとして、慌てて口を噤《つぐ》む。

「と、とにかく小姓たちが字を覚えれば、できる仕事だって増えるし、主人側の皆さんもいろいろ便利になると思います。それにオメガだって――」

「奴隷が字なんて覚えられるわけがない」

「ちゃんと覚えられますよ……！　カミルたちだってだいぶ覚えてきたし！」

「無理だな。オメガにしたって同じことだ。この年からはじめて覚えられるものか」

「じゃあ覚えられたら……!?」

一瞬、応酬が途切れた。

ファラーシャは鼻で笑った。

「はっ。奴隷には奴隷の仕事だってあるんだ。よけいな時間をとられたら、こっちはむしろ不自由になる」

「そんなこと言ったってどうせ――」

だらだら過ごしてるだけだろ、と言い返しかけたところで、ふいに袖を強く引かれた。振り向けばいつのまにかカミルがいた。彼は小さく首を振る。

（……そうだった）

ジブリールははっと我に返った。ファラーシャ付きの小姓たちは、彼の許可なしには何もできない。それどころか他のオメガたちも彼に倣うだろう。ここで怒らせたら何にもならないのだ。

ジブリールは深呼吸して気持ちを落ち着かせる。

そして提案した。

「じゃあ、その分の仕事は俺がやりますから！」

「ちょっ、ジブリール様、何を」

「だったら文句ないでしょう」

カミルが止めるのも聞かず、ジブリールはそう口にしていた。

ファラーシャの見開いた瞳が、ゆっくりと細められる。

「へええ？　おまえが俺の――俺たちの世話をする

わけだ」

その鼠《ねずみ》を嬲《なぶ》る猫のような表情に、一瞬怯みながら、ジブリールは頷いた。

「だったら、やってもらおうか」

「……何をすればいいんですか？」

「すべてさ。奴隷たちがする仕事は全部おまえがやるんだよ」


菓子や茶を運んだかと思うと、孔雀の羽でつくった大扇を渡され、長椅子に寝そべったファラーシャを扇《あお》がされる。

講義している時間以外は、昼間はほとんど彼に使われていると言ってもよかった。

——おまえたち、どうせなら全員で習えば？　仕事は全部こいつがひとりでこなすそうだから
ジブリールが奴隷たちのかわりに働くと言った途端、ファラーシャは自分の小姓のみならず、他のオメガの小姓たちにもそう言い放ったのだ。そして、

——誰か、付き添ってやれ
オメガたちにも命じた。

（まあ、おかげでみんな勉強できるようになってよかったけど）

おまけに付き添いを申し付けてくれたおかげで、オメガの希望者も講義を覗けるようになった。

（……もしかして、そこまで考えて、わざと言ってくれたのかな？）

と、考えないこともないが、

（いや、まさかね？）

こんなに意地悪なやつが、と思い直す。

ファラーシャをはじめオメガたちの世話は、何から何までジブリールがやることになった。

奴隷数人分の仕事を一人でこなすとなれば、相当の負担だ。最初はカミルたちがこっそり手伝ってくれていたのだが、それも密告されてばれ、その分の

「お仕置き」もジブリールが受けることになった。

ファラーシャの手の中には今、美しい――鞭《むち》がある。

「大臣たちからの貢物の中にあったものだけど、やっと出番があったたな」

目にした途端、ぞくっと鳥肌が立った。

「なんでそんなもの……っ」

「さあ？　ベッドで使えってことじゃねえの？　安心しろ。傷は残らないそうだから……！」

広間の真ん中で尻を剥き出しにされ、鞭を振るわれる。

「ひっ――」

打たれるたび激痛が走った。そして痛みもさることながら、屈辱感が半端ではなかった。打たれた場所には、薄紅色の綺麗な跡がついた。

「へえ……悪くねえな」

と、ファラーシャは唇を舐めた。

「白いから、薔薇色《ばらいろ》がよく映える」

彼は楽し気に、何度も鞭を振るった。

たしかに言われたとおり出血することはなかったけれども、おかげでジブリールはしばらくのあいだ、仰向《あおむ》けで眠ることもできなかった。

（何をやってるんだ、俺は……）

ちょっと希望する者たちに文字を教えてやろうとしただけなのだ。それなのに、何故こんな目に遭っているのか。

（ファラーシャは俺のことが嫌いなんだ）

おそらく文字を教えること自体が問題なのではないのだと思う。そうでなければこの程度のことで、ここまでの大騒ぎにしたりはしなかっただろう。

（素で意地悪なのも絶対あると思うけど）

自分で言い出したこととはいえ理不尽な仕打ちを受け、ファラーシャの性悪さには本当に腹が立つ。

だが、性格とは裏腹に、美しいこともまたたしかだと思うのだった。

入浴の世話までするようになってわかったことだ

が、彼の肌は肌理《きめ》細かくなめらかで、本当に綺麗なのだ。

ユーディウが一日置いているのも、血筋だけではなく、この美しさゆえなのではないだろうか。

(そりゃ……惹かれるよな、これだけ綺麗だったら)

湯気の立つ浴室で、大理石の上に横たわった背中を擦り、湯を流す。透けるようなファラーシャの肌に、ジブリールはつい見惚れてしまう。

背中を向けているはずなのに、ファラーシャは何故だかジブリールのそんな視線に気づいてしまったようだった。

「何見てるんだよ？　同じオメガのくせにいやらしい」

「な、ちが、そうじゃなくて……！　ただ綺麗な肌だなあと思って」

決していやらしい気持ちなどではなくて。

「はん。当たり前だろ。手間暇かけてるからな。おまえこそ王子のオメガとして自覚が足りねえんだよ」

ファラーシャの科白《せりふ》に、他のオメガたちもくすくすと笑った。

我が身を振り返ってみれば、たしかにそのとおりではあったのだ。

(だって男の身で肌に気をつかうなんて、考えたこともなかったし)

何しろ自分のことをベータだと信じ込んでいたのだ。家を追い出されて、裏世界で食うや食わずの生活をするようになってからはなおさら肌どころではなかった。

(でも、俺ももっと気をつかうべきなのかも……。後宮のオメガとして)

もとの素材が違うものを、それでどれほど変わるのかは疑問だが……。実際今でもカミルたちが懸命に手を入れてくれてはいるのだが、正直なところあまり代わり映えはしなかった。

湯を流し終えると、ファラーシャは立ち上がる。

ジブリールは彼の彫刻のように美しい身体を慌て

て布で包んだ。

そして飛び出して行って飲み物の用意だ。彼は風呂上がりに必ず冷たい水を飲むことに決めているのだ。

慌てて戻ってくると、ファラーシャは既に長椅子にいて、両側から大扇で小姓たちに扇がせていた。

「遅い」

と、彼は言い、グラスを受け取って顎で促す。

ジブリールは小姓たちから大扇をもらい、自棄《やけ》のように扇ぎはじめた。途端にファラーシャが怒鳴る。

「強い!! 髪が纏まらなくなるだろ……!!」

「申し訳ございませんっ」

ジブリールはなかば自棄で謝り、また扇を振り下ろした。

それから授業の時間ぎりぎりまでマッサージをさせられ、ようやく解放されたときには、ジブリールはくたくたになっていた。

「あーやれやれ。やっと終わった……!」

大きく伸びをする。

この時間だけは、仕事はしなくていいというのが最初からの約束だったのだ。

「何か……すみません」

と、カミルは眉を寄せて言った。他の小姓たちも申し訳なさそうに頭を下げる。

「何が?」

「私たちのために……」

「何言ってんの。俺が言い出したことなんだからさ」

たまに自分でも何をやっているのかとは思うけれども、もう乗りかかった船だ。

それに小姓たちの覚えは思ったよりもずっとよく、時間ができたぶん自習もしているようで、ぐんぐん成長していくのだ。歳のいったオメガたちもそれなりに学んでいってはいるようだし、成果を目の当《ま》たりにすれば、ますますやりがいを感じた。

「さ、はじめよう」

ジブリールは教室へ、皆を導いた。

＊

その日ユーディウは、たまたまいつもよりずいぶん早い時間に帰宮した。

門を抜け、庭を囲む長い廊下を通り抜けながら、ふと耳に届いた声に足を止める。

「じゃあ、続けて読んでみましょう。あー」

「あー」

すぐ傍の部屋から聞こえてくる。

（ジブリール……？）

彼の声のようだった。

ユーディウは格子窓《こうしまど》を覗き込んでみた。

大きな石板の前に立って話をしているのは、ジブリールだった。そしてその周囲を十数人の小姓たちが囲み、後ろにはオメガたちもいる。いずれも膝の上には小さな石板を載せていた。

（——何をやっているんだ？）

ついまじまじと見てしまう。

そういえばこの部屋は、前にイスマイルが書庫として使いたいと申し出て、許可をした部屋だったのではなかったか。

それがいつのまにか、ちょっとした教室のように設えられている。

「——殿下」

そのときふいに声をかけてくる者があった。

「イスマイル……」

後宮を任せている側近が、神妙な顔をして立っていた。

「これは何ごとだ？」

「ジブリールが、小姓たちに文字を教えているようです」

「……は？」

変な声が漏れた。いや、カミルたちに教えているのは知っていたけれども、いつのまにこんなに本格的なことになっていたのか。

「……報告を受けていないが」

「申し訳ございません。ジブリールには、殿下に御許可を賜《たまわ》るようにと頼まれたのですが、以前この部屋の掃除の件でお伺いを立てたとき、殿下は後宮のことは私の裁量に任せているから、オメガたちの体調以外のことは特に御報告しなくてもよい——と仰《おっしゃ》いましたので、忙しさにまぎれてつい……ここは私がいただいた部屋なので、好きにしてもよいかと」

「それは勿論かまわないが……」

この程度のことは、どうでもいいことではある。

後宮内の細かいことにわずらわされるのが面倒だからこそ、イスマイルに一任してあったのだ。その考えは、今でも変わってはいない。

なのに、なんとなく面白くないのはどうしてなのだろう。

（多少は融通を利かせて、特別なことがあったときくらいは報告してくれればいいものを）

いや——その融通の利かない真面目さこそが、イスマイルを信頼している理由でもあったのだが。

「もうずいぶん続いているのか」

「そうですね……半月になりますか」

「半月!?」

そのあいだ誰も自分には報告してこなかったのか。言えば咎められるとでも思ったのか？

（ジブリールも？）

そもそも何故ジブリールは、イスマイルより先に自分に言わないのか。

（私のオメガじゃないのか!?）

何故イスマイルには相談して、自分には相談しないのか。

しかも教室には大きな石板や机など、それなりの備品もそろっていた。

「……。この調度もおまえが？」

「はい。私が手配いたしました。予算内ですから問題ないかと思いましたが、いけませんでしたか」

「……いや。……別に問題ない」

そう答えるしかなかった。後宮の備品に関する予算もまた好きに使えと言ってある。だが、やはりどうにも面白くなかった。

（私がおねだりを聞いてやると言ってあったのに……!?）

何でも買ってやると言ったときには、何もねだらなかったくせに。

そんな気持ちが表情に出ていたのだろうか。イスマイルが言った。

「やめさせましょうか?」

「え?」

「お気に召さないようならば、私からジブリールに申し伝えますが」

そう言われて、けれども頷く気にもなれなかった。そもそも、やっていること自体が気に食わないわけではないのだ。

「余計なお世話だ。第一、なんでおまえから伝えてもらわなければならないんだ……!?　あれは私の――」

そのとき、ふいにジブリールの声が耳に蘇った。

――王子は俺だけのアルファじゃないから……!

そして何故だか言葉を失ってしまう。

イスマイルが軽く吹き出した。

ユーディウは思わず目を疑う。長いつきあいになるが、イスマイルの破顔など、ここ数年見たこともなかったのだ。

「いや、これは失礼いたしました。殿下が声を荒げられるのを見たのは、ずいぶんひさしぶりのことだったもので」

「な……っ」

ユーディウは、自分もまたらしくもない反応をしてしまっていたことに、ようやく気付いた。ばつの悪さをごまかすように咳払いをする。

「――とにかく、やめさせるときは、私から言う」

「かしこまりました」

（……それにしても……）

宝石も服も、菓子などの口を満たすものも何も欲しがったことのないジブリールが、初めて希んだものが石板だったなんて。

「しかし変わった子ですよね」

そんな感想はイスマイルも同じだったのだろうか。彼は窓越しにジブリールのほうを見やる。

「この『教室』を開くために、ジブリールはファラーシャの世話をしているらしいですよ」

「……は？　なんだそれは？」

さすがに繋がりがさっぱりわからなかった。

「奴隷にもオメガにも文字なんか必要ないというファラーシャと、小姓たちにも教えたいというジブリールが対立しましてね。結局ファラーシャが、奴隷の仕事を全部ジブリールがやるならという条件で、奴隷皆が勉強するのを許可したんです」

「は……」

呆《あき》れた、と言ったらよいのか。言葉が出てこなかった。

「しかしジブリールはずいぶん扱き使われているようだし、あれでは体調を崩すのではないかと心配なのでそろそろ少し口を出そうかとは思っているのですが」

「ああ……そうだな。だがそもそもなんでジブリールはそこまでしてこんな真似《まね》を……？」

不可解な気持ちが渦を巻く。

「さあ？　本人に聞いてみたらいかがですか？」

と、イスマイルは言った。

＊

「じゃあ誰か、これが読める人……！」

ジブリールは石板に大きく書いてみせた。

座っている小姓たちが一斉に手を挙げる。

「はい、じゃあリムル」

「く……孔雀！　……です」

「正解！」

ジブリールはリムルに大きな飴玉《あめだま》をひとつ渡した。

ささいなものだが、大喜びしている姿は可愛らしいものだ。一人前に小姓として働いているようでも、やはり子供なのだと思う。

と――

「なるほど。ご褒美もあるんだ？」

ふいに降ってきた声に、ジブリールは飛び上がりそうになってしまった。どうにか堪え、恐る恐る振り向く。

「お、……殿下」

予想通り、教室の扉の傍に、ユーディウが立っていた。

「いつのまにか、面白そうなことをやっているじゃないか」

その笑顔に、いっぺんに背筋がそそけ立った。笑ってはいるが、心からのものではないことが、なんとなく伝わってきたからだ。

（……っていうか、怒ってる……!?）

許可を得ずにこんなことをやっているからだろうか。

（ちゃんとイスマイルに、王子の許可とっておいてって言ったじゃん……！　俺は悪くないと思うんだけど……！）

とはいうものの、四翼の最高権力者であるユーディウの怒りは怖い。下手をするとせっかく軌道に乗ってきた教室を潰されてしまう。

「え……ええと……殿下にはご機嫌麗しく……」

「おまえもね」

「あの……これは小姓たちに字を教えてて……ですね」

「へーえ」

ユーディウの笑顔はますます怖い。ジブリールも笑ってごまかそうとしたが、ごまかせている気がしなかった。

（どうしよう。やめろって言われるかな……？）

自分が悪いことをしているとは思わないけれども、奴隷に字を教えるというだけで、ずいぶん異質なことなのだということは、後宮の人々の反応で学習していた。

だが、ユーディウは言った。

「どうした？　続けなさい」

「え」

「私は見学しているから。……それとも、私も答えたら飴玉をもらえるのかな？」

「あん、……あなたはあげるほうでしょう、どう考えても！」

そうだ。こうなったら巻き込むしかない。ジブリールは精一杯丁寧に、言ってみる。

「殿下も、よかったらお題を出してあげてください」

「お題……ね」

ユーディウの出方を待っていると、緊張でどきどきした。

「じゃあ、出題しようか」

ユーディウはゆっくりと近づいてきた。ジブリールが蠟石《ろうせき》を手渡すと、彼は石板の空いたところに、簡単な単語を書く。

「これが読める子はいるかな？」

やはり王子相手には気後れするのだろうか。なかなか手を挙げようとする子はいなかった。それでも顔を見ていれば、なんとなく読めた子はわかるのだろう。ユーディウは一番前に座っていた子を当てた。

「読んでごらん」

当てられた子は、かちこちになりながらも裏返った声で答える。

「し……白です……！」

「正解」

ユーディウは、ジブリールから飴玉を受け取ると、それを手渡して頭を撫でてやる。小姓は一瞬で沸騰したように真っ赤になった。王子に撫でられるなどとは思いもしなかったのだろう。

「語尾を変化させて、さっきの孔雀と繋げると、白孔雀になるね。——こういうことはもう教えている？」

「い、いえまだ……」

「そう」

（……別に王子は、文字を教えるのに反対なわけじゃないんだ……）

と、ジブリールは感じとる。

（なのに、なんでさっきはあんなに機嫌が悪かったんだろう？）

ユーディウはそれからいくつか続けて問題を出した。二問目からはようやく手も挙がるようになった。

彼が正解した子たちに飴玉を渡して撫でてやると、皆かちこちになって受け取りながら、とても嬉しそうだった。そんな姿は、とても可愛らしい。

ユーディウもそれなりに楽しそうに見えた。

（もしかしてこの人は、けっこう子供が好きなのかな……？）

とふと思う。

（……ってことはないか……）

何しろ玉座のためだけに、オメガたちにアルファの男子を産ませようとしている男なのだ。

いつにない盛り上がりのうちに、あっというまに終業時間が過ぎてしまう。

「じゃあ、最後の問題にしようか」

と、ユーディウは言った。

そして少し考え、さらさらと石板に単語を書きつける。

（あ……）

それを見て、ジブリールの瞳はまるくなった。

（……柘榴？）

何故ここで柘榴なのだろう。ここまでの流れからすると、鳥や動物の名前が続いてもよさそうなものなのに。

胸がぎゅっと締めつけられる。

——大丈夫？

ジブリールの脳裏に、ユーディウと初めて会った日のことが蘇ってきた。

彼は転びそうになったジブリールを支えてくれた。ふわふわと身体が浮き上がるようないい匂いがした。

——ずいぶんたくさんあるんだね
——あ……うち、家族多いので……っ
——そう。いいな
あのときジブリールがお礼に手渡したのが、柘榴だ。

——ありがとうございました……っ、これおひとつどうぞ！

——ありがとう
高貴な男には、邪魔になる程度のものだったのに、ユーディウはふわりと微笑って受け取ってくれた。

（……あのときのこと、王子は覚えてないと思うんだけど……）

ジブリールの顔を見ても、何の反応もなかったのだ。そもそも街でちょっと会っただけの相手など、覚えていないほうが当然でもあった。

（……偶然か）

そう考えるのが自然だ。こんな普通の単語に引っ掛かるほうがどうかしている。

（偶然だよな。そんなにありえない言葉ってわけでもないし）

一瞬でも、覚えていてくれたのかも、などと思った自分に、ジブリールは少し呆れた。それでも、あの柘榴はユーディウの心のどこかに、小さく残っているのかもしれないとも思う。

（だったらいいのに）

そんな浮き立った心は、なかなか静まってはくれなかった。

「気に入ってくれているようだね、その子」

ユーディウは、ジブリールの膝に抱いた籠を見て言った。中には彼にもらった雛が眠っている。あのときよりずいぶん大きくなっていた。

「……子供たちにも人気なんです。孔雀はたくさんいても、白孔雀の雛はめずらしいですし、愛嬌《あいきょう》があって……」

「そう。名前は?」

「アブヤドです」

「白、か」

教室が終わってから、ユーディウに残るように言われ、ジブリールは少しびくびくしながら彼の隣に座っていた。

ファラーシャの世話に戻らなければ、またあちらはあちらで叱られる……とは思うのだが、さすがにユーディウときちんと話をしないわけにはいかなかった。


「驚いたよ、こんなことをやっているなんて」

と、ユーディウは言った。

「……ごめんなさい」

「謝るようなことをしているのか?」

「してな……ません」

ジブリールははっきりと首を振った。小姓たちに字を教えるのは、決して悪いことではないはずだ。

「……でも怒るかと思って」

「報告ぐらいしてくれてもよかったんじゃないかとは思ってるけどな」

「……ごめんなさい」

「前に、おねだりがあるなら言えと言っただろう?」

「……でも、あのときはまだこんなことするつもりなんか全然なくて、急に思いついたものだから……。一応、殿下の許可をとってもらうように、イスマイルには頼んであったんですけど……」

と、ちらと見上げる。

ジブリールが言い訳をしたのが気に入らなかった

のだろうか。ユーディウの機嫌は急降下したようだ。

「おまえは誰のものなんだ？」

低く、彼は言った。

「……殿下のもの……ですけど……」

「そうだ。これからは、おねだりがあるときは、私に直接言うように」

「はい……」

ジブリールは、ユーディウが何が気に入らないのかよくわからなかった。後宮のオメガの管理者はイスマイルなのだから、彼に言って何がいけないのだろう。忙しいユーディウをいちいちわずらわせるほうが問題なのではないのだろうか。

そうは思うものの、逆らえる空気ではなく、ジブリールは頷く。

「で――」

ようやく少し機嫌が直ったらしいユーディウは、言った。

「何故こんなことをはじめたんだ？　しかも、ファラーシャの小姓代わりまで務めてるそうじゃないか」

そんなことまで聞いているのかと思いながら、ジブリールは答えた。

「……まあ。でも俺、退屈するよりは働いてるほうが好きみたいで、あんまりこたえてないですし……」

「ふうん？」

「あの……小姓たちが字を覚えてくれたほうが、こっちも便利になると思うんです。それにあの子たちは今は後宮にいるけど、将来は違う部署に行ったりするんだろうし、そのときにも役に立つと思って」

小姓たちが後宮に仕えているのは、性的に未分化だからだ。もう少し大きくなれば、彼らもオメガから離されなければならない。潰しが効いたほうがいい。

なるべく理解を得られるように、ジブリールは雇う側の利益から話をはじめてみる。ユーディウは黙って聞いている。

「……あの子たちも習いたいと言うし、あとオメガたちにも、中には読めない人がいて……生徒ってわけじゃないけど、付き添いの名目で聞きに来てたりとか」

「ああ……あれはそういうことだったのか」

当然ながらユーディウも、あの場にオメガたちがいたことには気がついていたようだった。

「オメガでも小姓でも、勉強したい人はみんなできるようになるといいと思うんです。本とか読めたら楽しいし、手紙も書けるようになるし、いいことといっぱいあると思うから、偉い人だけで独占しないで誰でも手が届くようになるべきじゃないかと……」

「――……」

ふと気がつくと、ユーディウは軽く瞠目《どうもく》していた。

何かまずいことを言っただろうか。考えてみれば、ちょっと生意気だったような気もする。

「あの……何か？」

恐る恐る聞いてみる。

「いいや。おまえの言うとおりだと思うよ」

と、ユーディウは言った。

「ほんとに!?」

「ああ。そう思わなければ授業につきあったりしない」

「よかった……！」

ジブリールは胸を撫で下ろした。同時に、ユーディウが同じ考えでいてくれたことがひどく嬉しくなる。

「じゃあ、じゃあまたたまには授業に顔を出したりしてくれますか……!? 王子にゆるされてると思えたらみんなも安心すると思うし、凄く嬉しそうだったし」

「ああ。時間があれば顔を出そう」

思わず口にして、さすがに甘え過ぎかとはっとしたけれども、あっさりとユーディウはそう言った。

それぱかりか、

「何か必要なものはあるか？」

とも聞いてくれた。

「あれば、次に来るときまでに用意してあげよう」

「あの……じゃあ、……あの、……」

どう言ったらいいかわからずに口ごもるあいだ、ユーディウは機嫌よく笑みを浮かべて待ってくれる。

「ええと……みんな単語はだいぶ覚えたから、短いお話とか読めるようになるといいと思うんだけど……、そのちょっとした本みたいな感じのものをつくりたくて」

「ふうん?」

「一緒に考えてもらえないか……と……」

ジブリールが一人でやろうとして、やや手に余っていたことだった。

ただのおねだりではなく、手間暇のかかる作業だ。さすがに却下されるのではないかと思う。

「なるほど、教本か……」

けれどもユーディウは言った。

「いいかもしれないな」

「ほんと?」

「サンプルをつくって印刷してみよう」

「印刷……!?」

思わず声をあげる。

それはずいぶん金もかかるのではないだろうか。

いきなり大ごとになって、ジブリールは狼狽《ろうばい》した。

「どうせなら、将来的には宮殿の外でも教室をつくって使えるようなものになるよう、まずは叩き台から」

「宮殿の外……?」

「いずれは、一般の庶民や奴隷……国民全員に」

その言葉に、ジブリールはひどく驚いた。

(全員に……?)

以前ジブリールは、導師だった父の許で近所の子供たちに読み書きや簡単な計算などを教えたりしていた。そのときでさえ、来ていたのは庶民の中でもそれなりに余裕のある家の子たちだけだった。

それを、ユーディウは全員に、と言う。

(……やっぱりこの人は王子様なんだ……)

国民全部のことを考えるなんて。

「どうかした？」

問いかけられ、ジブリールはふるふると首を振った。

「……ただ、本当に王子だったんだなあと思って……」

「今さら何を」

ユーディウは軽く笑った。

「……気づいているか？」

「え？」

「いつのまにか言葉がくだけてる。……初めて会った頃みたいに」

そう囁かれて、ジブリールははっと口を押さえた。

もともと敬語を使うのが得意なわけでもないのだ。他のことに気を取られると、つい素に戻ってしまう。ひどくばつが悪かった。

「そのほうがいい」

と、ユーディウは言った。

「ついでに、どうせなら『王子』じゃなくて、名前を呼んでくれたら嬉しいけどな。……ユーディウと」

「……知りません」

揶揄うようにユーディウは髪に手を伸ばしてくる。ジブリールが押しのけようとすると、彼はまた笑った。頬がひどく熱かった。

「おまえは自覚がないだろうが……おまえがさっき言っていたのは、教育を受ける権利のことだよ」

「権利……？」

聞きなれない言葉だ。ジブリールとしては、そんなに難しいことを言ったつもりはなかったのだが。

「それに、小姓たちにも教養がついたほうがいろいろな仕事ができるようになるというのは、世の中が進み、生産性が向上するということだ。四翼の……広く言えば国のためにもなる」

「生産性……」

「効率がよくなって豊かになるってことだ。わかるか？」

これは、わかる。

「わかる……！　……ります」

「改めなくていいのに」

と、ユーディウは苦笑する。

「この国の庶民たちの教育程度は高いとは言えず、識字率も高くはない。いつか王位を継ぐことができたら、それを上げていくことも目標のひとつだと思っていた。——それを、ほんの小さな試みとしてではあっても、おまえがこの後宮ではじめようとするなんて……私がどれだけ驚いたか」

とユーディウは言った。

「そういう考えかたが、おまえにできるとは思わなかった」

ジブリールには、ユーディウの言っていることがすべて理解できたわけではなかった。でも一応、褒められているのだろうか？

「父上はいい顔をしないが……」

「ど……どうして？」

とてもいいことだと思うのに。

「民衆に知恵をつければ、体制に反発する——おとなしく言うことをきかなくなると思っているからだ。そしてそれは一理ある」

「……でも、王子は民にも教育を行きわたらせるべきだと思ってるん……ですよね……？」

王の言うとおりなら、王家にとって害のあることなのに。

「世界に存在するのは、このオルタナビア王国だけではないからだ。競争力のない国はいずれ廃《すた》れていく。そうならないためには、教育は重要だ」

「——……」

いつのまにかジブリールは、ユーディウをじっと見上げていた。

（……この人は、違うんだ）

視線の先にあるものが違う。

ジブリールは文字を教えるにしても本当のところ、読み書きができたほうが便利だという程度にしか考

(王子様に普通の感覚を求めても、無理なのかもしれない)

初めてジブリールは思った。

(そういうものなのかも……?)

と。


えてはいなかったのに。

(……こういう人が王様になってくれたら)

世の中はもっとよくなるのかもしれないと思う。

だけど彼が王位継承者となるためには、アルファの男子を挙げなければならない。

(……俺が……産めば、王子の役に立つことができる……?)

彼の役に立ちたい。……でも。

——そろそろ、殿下をゆるして差し上げたらどうですか?

ふと、イスマイルの言葉が耳に蘇ってきた。

——おまえは、殿下の相手が自分一人でないことが気に入らないのでしょう
たしかにそのとおりだ。でも。

——殿下はアルファの王子として特別な環境で、特別な教育を受けて育てられて……そのせいか、少し感覚がずれているところがあるだけで、悪い人ではないのです

6

その日から、空き時間があるときに、ユーディウは教室を手伝ってくれるようになった。

(ちゃんと約束を守ってくれた)

ジブリールはたまらなく嬉《うれ》しかった。

授業が終わると、二人で教室に籠もって教本をつくる作業をする。

誰でも窓から覗《のぞ》けるような場所で、疚《やま》しいことをしているわけではないし、小姓《こしょう》たちも一緒だ。とはいえ、発情期でもないオメガが王子と長時間過ごす——というのは、四翼《よんよく》では前代未聞のことだった。

(……まずい、これは)

このことは当然、後宮《こうきゅう》に知れ渡り、ジブリールは冷たい目を向けられるようになった。ことあるごとに嫌味を言われたり、さりげなく足を引っ掛けて転ばされたりする。

だが、問題はそんなことではなかった。

四翼後宮の秩序は、ユーディウがすべてのオメガを平等に扱っているからこそ保たれていたものなのだ。なのに、これでは上手《うま》くまわらなくなってしまう。

——あの……あまり頻繁なのはまずいんじゃないかと……

と、言ってはみたものの、

——別にかまわないだろう？　何もセックスしているわけじゃないし、教本をつくっているだけだ。仕事のようなものだよ

ユーディウに軽く流されると、ジブリールはそれ以上言えなくなった。

楽しかったからだ。

ユーディウと二人で過ごすのが、楽しかった。教本の話をしているだけだったとしても。

そして彼もまた、楽しんでくれている気がした。

そうでなければ、こんなにも頻繁に来てくれるだろうか？

証拠に、ユーディウはよく微笑《わら》った。

その笑みを向けられると、ジブリールの心は震えた。そしてたまに何気なく髪を撫《な》でられたりすると、ひどくどきどきした。

そういう時間を自分から手放すことが、どうしてもできなかった。

他のオメガたちに、いつまでもそんな言い訳が通るはずもないのはわかっていたけれど。


「……っくしゅ」

陽が翳《かげ》りはじめた頃、ジブリールは小さくくしゃみをした。

「大丈夫？」

「……誰かが噂《うわさ》してるのかも」

「噂？」

「くしゃみをするのは誰かが噂してるからだって、聞いたことありませんか？」

「ないな」

「――もう戻らないと」

と、ジブリールは言った。

「ファラーシャが午睡から覚める頃だから、晩餐《ばんさん》の支度《したく》を手伝わないと」

「妙な約束をしたものだな」

ユーディウはため息をついた。

「……そうなんですけど、約束は約束だから」

ジブリールは席を立とうとした。その手を摑《つか》まれ、阻まれる。

「……殿下《でんか》」

ジブリールは咎《とが》めたが、ユーディウはかまわず額に手をふれてくる。ジブリールはびくりと身を縮めた。

「そんなに硬くなることはないだろう。もっといろいろなことをした仲なんだから」

「そ――そんなこと……」

ユーディウは動揺するジブリールから手を離す。

「とりあえず、熱はないようで安心したよ」

その言葉で、ああ熱を測るためだったのかとジブリールは気づいた。

ユーディウは上衣を脱ぎ、ジブリールの肩に掛けてくれた。

ふわりとユーディウの香りに包まれる。その途端、頬が熱くなり、鼓動が速くなった。

（……発情期でもないのに）

ユーディウにふれられると、いつもこうなってしまう。

「いや……少し熱いかな？」

「あ」

また頬を撫でられ、つい小さく声を漏《も》らす。はっとして、反射的に顔を背けた。

（発情期でもないのに、アルファにさわられたからって、こんな）

自分はどこかおかしいんじゃないかと思う。

「……大丈夫？」

「だ、大丈夫……っです」

覗き込んでくるユーディウに、焦って答えた。

「あとで、イスマイルに診《み》てもらいますから……っ」

「……へえ？」

ようやくユーディウが手を放してくれて、ジブリールはほっとしたけれども。

でもなんとなく、彼の機嫌が急に悪くなったような気もする。

「イスマイルにさわらせるのは抵抗がないんだな」

「は？？」

意味がわからなかった。医者に身体を診せるのは、あたりまえのことだろうに。

「今なんて？」

「……別に」

つい問い返したジブリールに、ユーディウはやはり不機嫌そうに答えた。

「大事にしなさい。おまえは将来、私のアルファの王子を産む身なのだから」

「――……」

ふいに忘れかけていたことを突きつけられて、ジブリールは小さく息を呑《の》んだ。

そう――ユーディウがジブリールを大切に扱ってくれるのは、ジブリールが彼のアルファの男子を産むかもしれないオメガだからだ。それ以上でも以下でもない。

（……何を勘違いしてたんだろう）

ファラーシャの小姓が教室へやってきたのは、ちょうどそんなときだった。

「ジブリール様、ファラーシャ様がお呼びです」

「あ……ごめん、すぐ行く」

ジブリールは立ち上がった。

ぱさ、と落ちたユーディウの上着を慌てて拾い、彼に返す。

「これ、ありがとうございました」

ジブリールは小姓の横をすり抜け、教室を飛び出した。

正直、立ち去るきっかけができてほっとした。このままユーディウの傍《そば》にいたら、何かよけいなことを口走ってしまいそうだったからだ。

ファラーシャの部屋へ駆け込むと、ファラーシャはじろりとジブリールを見た。彼は長椅子《ながいす》に片肘を突き、小姓たちに扇《あお》がせていた。

「……遅い」

「す……すみません……！」

美人の恫喝《どうかつ》は一睨《ひとにら》みでも恐ろしく、一応四翼では同格のオメガであるはずなのだが、ジブリールはついひれ伏しそうになってしまう。

「約束がずいぶん違うんじゃないか？」

けだるげに、ファラーシャは言った。既に晩餐の支度はほとんど終わっているようだ。

「……すみません……」

「頭《ず》が高いんじゃね？」

かたちのよい唇の両端が上がる。

「膝《ひざ》を突けよ」

「……っ」

彼の意地悪さをひしひしと感じながら、ジブリールは膝をついた。

「……すみませんでした」

ジブリールが遅れているあいだの仕事はカミルたちがやってくれているし、ファラーシャに不自由をさせてはいない。けれども実際、最初の約束と違ってきているのは本当だった。

（非はこちらにある）

でもユーディウが教室に来てくれたとき、授業が終わってすぐ広間に戻ったのでは、教本のための打ち合わせの時間がとれなくなる。

（ちゃんと話して了解してもらうべきなんだけど、今話したら火に油かな……）

それに、後宮に波風を立てることになるかもしれない。

ジブリールは躊躇《ためら》う。

「まあそれくらいにしてやってくれないか、ファラーシャ」

そのとき、ふいにユーディウの声が背後に聞こえた。

ジブリールは耳を疑った。けれども振り向けば、たしかに彼の姿があった。

ユーディウはゆっくりと近づいてくる。そして自然にファラーシャの頬に口づけた。

一幅の絵のように美しい二人に、ジブリールは思わず目を逸《そ》らした。

「ジブリールが遅れたのは、私と教本をつくる打ち合わせをしていたからだ。教室の一環として、もうしばらく見逃してやってくれないか」

と、ユーディウは言った。ファラーシャは目を眇《すが》める。

「へえ……？　四翼の主みずから後宮の秩序を乱すわけか。オメガたちは全員公平に扱う——それがおまえの決めたルールなんだろう？　ユーディウ殿下」

ファラーシャが、普段は決して呼ばない敬称付きでユーディウを呼んだ。

ジブリールは恐ろしさにぞわりと鳥肌が立つのを感じたが、ユーディウには少しも怯《ひる》んだようすはない。

「勿論《もちろん》」

と、彼は答えた。

「言ってみれば、ただの仕事だ。何も疚しいことはないよ」

（……ただの、仕事……）

勿論、そうだ。

二人でいても、艶《つや》めいた話などをしているわけでもなく、教本のことばかりなのだから。

（そっか……そうだった）

たまにちょっと髪を撫でられたりするのも、ユーディウはあれくらい誰にでもする。ついさっきもファラーシャの頬にキスしたくらいなのだ。

ジブリールが過剰に反応してしまっていただけで。

（たしかに、何も疚しくない……）

なのに、ジブリールが勝手に逢引《あいびき》みたいに勘違いしていただけだった。

ユーディウにとってはただの「仕事」で、当然ジブリールに会いに来ていたわけではない。

当たり前の現実なのに、ジブリールの胸は痛む。

「——あんたがそう言うなら」

と、ファラーシャは言った。

「ただし、次はない」

「ありがとう」

ユーディウはファラーシャの手に口づけた。

「晩餐の着替えは済んでいるようだね。そろそろ時間だ。——行こうか」

ユーディウはそのままファラーシャを立ち上がらせ、エスコートした。ちらりとジブリールを振り向く。

「おまえも、早く支度をしておいで」

「……はい」

ぼんやりと、なかば無意識に答えた。

「きっと庇《かば》ってくださったんですよ！　ユーディウ殿下は」

いつのまにか傍に来ていたカミルが囁《ささや》く。ジブリールは無理に微笑を浮かべた。

「そうかもな」

そうかもしれない、とは思う。

ファラーシャに強く咎められることもなく、まるくおさまってほっとした。なのにひどく気持ちが落ち込んでいるのはどうしてなのだろう。

（……決まってる）

ユーディウがファラーシャを大切に扱うのを、目《ま》の当たりにしたからだ。

ファラーシャのことだけは尊重している。彼のことだけは、アルファの男子を産む道具のようには思っていない。

そんなの、今更過ぎることなのに。

（……なんか最近、勘違いしてた）

ひさしぶりにユーディウと二人きりで喋《しゃべ》るようになって、楽しかったからだ。心が近づいたような気がしていた。

でも、本当は違った。

去っていく二人の背中を見送ったあとも、ジブリールはしばらく動くことができなかった。


その後も授業や教本づくりは続き、かわらず時折ユーディウも訪れてくれる。

嬉しかったけれど、ジブリールは今まで以上に「仕事」以外の話をせず、接触も避けるようにしていた。

――ファラーシャのことなら、そんなに気にする必要はないのにと、ユーディウは言う。

けれども問題は、ファラーシャ自体ではないのだと思う。

「顔色がすぐれませんね」

毎週の健康診断の折に、イスマイルからはそう指摘された。

「脈拍、体温など、特に異常はないようですが、何か自分で具合の悪いところを感じたりはしていませんか？」

「いえ、特には……」

「そうですか」

イスマイルが、オメガたちの健康状態について記録した書類にペンを走らせる。

「あの、ただ……」

「何か心配なことでも？」

「心配、というか……お願いがあって」

ジブリールは躊躇いがちに唇を開く。本当は口にしてもいいものかどうか、まだ迷っていた。

「お願い？　なんです？」

「……薬をもらえないかと」

「具合でも悪いんですか」

「そうじゃ、なくて」

ジブリールは首を振った。

「……発情抑制剤、を」

その言葉を聞いた途端、イスマイルはきつく眉《まゆ》を寄せた。

「抑制剤ですって？」

「……このままだと、もうすぐ次の発情期が来てしまうから……」

(言ってしまった)

それはジブリールがずっと考えていたことだった。ついに口にしてしまい、顔をあげることもできなくなる。

「……殿下に抱かれるのが嫌なんですか」

問いかけられ、けれどジブリールは答えることができなかった。

嫌……というのとは違う。一緒にいるとどきどきする。ちょっとふれられただけでも身体が熱くなる。もっとさわって欲しいと思う。

(また王子に抱いて欲しい)

でも、ファラーシャや他のオメガたちとユーディウを共有するのは、どうしてもいやなのだ。愛情もないのに、ただ胎《はら》だけを求められるのは。

「あなたは、殿下のことが好きなんだと思っていましたが?」

「……っ……」

好きだけど。

(普通の人を好きになったんじゃないんだから、仕方ない……って、思おうとしたけど)

やはり実際にユーディウが他の誰かといるところを見ると、たまらない気持ちになる。

ユーディウのアルファの男子を産むために囲われているのに、その立場に納得することができない。

彼に恩を返すためにも、抱かれるべきだと思うのに。

答えないジブリールに、イスマイルは大きなため息をついた。

「殿下に伺ってみましょう」

「えっ……王子に?」

ジブリールは思わず顔をあげた。

「当然でしょう。オメガの発情は重要事項です。私の独断で決めるわけにはいきません」

考えてみれば、当たり前のことだった。

けれども、ユーディウに話すという言葉に、ジブリールは震えた。ユーディウに、自分が発情を——つまりは彼に抱かれ、アルファの男子を産むことを拒否したと思われるということだ。

(思われるっていうか……そうなんだけど……)

決してユーディウのことが嫌いなわけではないのだ。

でも、決心がつかない。愛されていなくても抱かれて、子供を産むということに。

（王子にとっては俺の好き嫌いなんてどうでもいい、ただアルファの男子を産むかどうかだけが重要なんだろうけど……）

「……やめておきますか？」

もう一度、イスマイルは問いかけてくる。

ジブリールは一瞬躊躇ったあと、左右に首を振った。


「ジブリール」

それからほどなくしたある夜、晩餐に遅れてきたユーディウは、席に座るなりジブリールを呼んだ。

「……はい」

ジブリールは立ち上がり、彼のソファの前に跪《ひざまず》いた。

彼は見るからに不機嫌だった。瞳には蒼《あお》い炎が燃えているようで、怒りをひしひしと感じる。何故《なぜ》、とは考えてみるまでもなかった。

「おまえ、イスマイルに面白いことを頼んだそうだな」

「――……」

（やっぱり……）

予想通りだったにもかかわらず、ジブリールは思わず息を呑んだ。

「発情抑制剤を寄こせと。――私と寝るのはそんなに嫌か」

「……っ、ちが……！」

ジブリールははっと顔をあげた。

「そうじゃないんです、ただ……」

「ただ？」

「……ただ、あの……」

ユーディウが好きだからこそ他の誰かと共有したくないとか、アルファの男子を産む道具になりたくないとか……そんな気持ちを彼に知られたくなかった。そもそもここで口にしていいことなのかどうか、躊躇われた。

「他に好きな男でも、できたんじゃねーの？」

沈黙を破って割って入ってきたのは、ファラーシャの声だった。

「な……ッ」

「そういえばこの頃、イスマイルとずいぶん仲がいいみたいだな。二人で医務所に籠もったり……」

「そんな、二人でなんて……！」

ジブリールは反駁《はんばく》した。

「カミルたちも一緒だし、片づけを手伝ってただけで」

「そうです、私たちもずっと一緒でした……！」

「決して二人きりなんてことは」

口々にジブリールの小姓たちが援護してくれる。

それをファラーシャは鼻で笑った。

「奴隷なんて、人の数に入らないだろ。いたからどうだって言うんだよ？」

「な――」

ジブリールは絶句した。

ファラーシャなら、小姓たちのことは猫程度にしか感じず、彼らがいても気にせず不義を働いたりできるのかもしれないけれど。

でも、ジブリールは違う。

「疚しいことなんてありません……！　小姓たちも、俺にとっては奴隷なんかじゃないし、いてもいなくても同じなんてことはありません……！」

「へーえ？」

ジブリールの反論に怯んだようすもなく、ファラーシャは舌で唇を舐《な》めた。

「じゃあ何が理由なんだよ？　言えないってことは、後ろめたい理由があるからだろ」

「それは……」

後ろめたい、というか。

ファラーシャは、ふいに笑った。

「けど――ま、そんなに出ていきたいってんなら、いけばいいんじゃね？」

「え……っ？」

ジブリールは突然の言葉に、耳を疑った。

「今なんて……？」

「聞こえなかったか？　出ていけって言ったんだよ。四翼のオメガとしての義務を果たす気がないのなら。ユーディウと寝るのを拒否するってことは、そういうことだろ？　この四翼のオメガたちは、皆そのために集められてるんだから」

「――……」

（……正論だ）

ジブリールがここで安穏とした暮らしをさせてもらえているのは、アルファの男子を産む可能性のあるオメガだからだ。

（……わかってるけど……でもずっととかじゃなくて、ただまだ決心がつかないってことで……）

だが、先々の確約ができないのなら、拒否しているのと同じことだ。たしかに、追い出されても文句は言えない。

わかっていたはずなのに、そこまで考えていなかった。それだけ冷静さを欠いて思いつめていたということなのだろうか。

「そうだろう、ユーディウ」

ファラーシャは決断を迫る。

「二度目はないと言ったはずだ。これ以上、ジブリールが四翼の秩序を乱すなら、追い出すべきだな」

勝利者の目線で、ファラーシャは見下ろしてくる。

ここを追い出されたら、ジブリールはまた街へ戻らなければならなくなる。盗みに手を染め、発情に怯《おび》え、常に誰に襲われるかわからない恐怖に震える元の暮らしに。

（……怖い）

出ていきたくないなどと、言えた義理ではないけれども。

ジブリールは無意識に、縋《すが》るような瞳でユーディウを見つめていた。

冷たくジブリールを見下ろしていた彼の口角が、

わずかに上がった。

「拒否はさせない」

と、ユーディウは言った。

「え……?」

「だから出て行く必要はない」

わけがわからず、ジブリールはただ呆然《ぼうぜん》と彼を見上げた。


「……ッ!!」

ユーディウの命令により、広間にいたオメガたちの手で、ジブリールは絨毯《じゅうたん》の上に転がされた。

上衣がはだけ、慌てて掻《か》きあわせようとしたけれども、その隙《すき》も与えられない。腰だけをユーディウに向けて掲げさせられると、ズボンをずり下げられた。

剝《む》き出しにされて、かっと頬が燃えあがる。これから何をされようとしているのか、悟らないわけにはいかなかった。

ファラーシャの両手が伸びてきて、ジブリールの尻のまるみを摑んだ。

「や……っ」

ジブリールは抗《あらが》おうとする。けれども別のオメガに肩を押さえつけられ、まったく動けなかった。

「やだっ、やめろぉ……っ」

ファラーシャの手で容赦なく尻を割り広げられた。その狭間《はざま》に、ユーディウの視線が突き刺さる。彼の指がふれ、思わずジブリールはそこをひくつかせた。

「突っ込めよ」

と、ファラーシャが言った。

「情緒がないな」

ユーディウの声は、余裕があるようでいて、ひどく低い。

「それに、濡《ぬ》らさないと」

「罰なんだろう、不義を働いた。やさしくしたら意味がない」

「だから俺は不義なんて……っ」

反駁しようとした途端、絨毯に顔を押し当てられた。ユーディウの声が降ってくる。

「そうだな。では、罰をあたえよう」

「んん……っ」

罰されなければならないようなことは――少なくとも不義などは働いていない。

そう訴えようとするのに、強く頭を押さえつけられて、ほとんど喋れなかった。

後孔に、熱いものが押し当てられる。本能的にかっと身体が熱くなった。その感触には覚えがあったからだ。

このまま、衆人環視の中で犯されるのだろうか。

いつも穏やかで、ジブリールを抱くときでさえどこかにやさしさを残していたはずのユーディウは、本当はそういう男だったのだろうか?

予測しながらも、どこかでまさかと思っていたのに。

「やめ、……!!」

なんとか叫びかけた瞬間、挿入された。

「あああ……!!」

目の前が真っ赤になるような痛みが背筋を貫いてきた。

（嘘《うそ》……）

発情期でないときに男を受け入れるのは、ジブリールには初めてのことだった。

「やあ……っ、や、あああ……っ」

ずぶずぶと無理矢理挿入《はい》ってくる。それは今まで感じたこともないほど巨大な凶器に感じられた。拒みたくても、その力に抗うこともできない。

（そんな、奥……っ）

必死で首を振る。少しでも感覚を散らしたかった。

最奥まで届いて、ようやくそれは止まった。

「……っ……ぅ、……っ……」

挿入っているだけで、息をするのもままならないほどの苦しさだった。

必死で呼吸を整えようとする。少しずつそれでも身体が馴染《なじ》み、ユーディウを受け入れていく。中で彼のものが脈打っているのがわかる。

（……王子、の……）

「ん……っ、ふ……」

ようやく息が継げるようになったジブリールに、ユーディウは囁いた。

「罰を受けているところを見てもらおうか」

（え……？）

「放してやれ」

彼の命令で、ジブリールを押さえつけていたオメガたちが手を放す。だが、自由になってほっとしたのも一瞬のことだった。

ユーディウは中に深く挿入ったまま、ジブリールを抱き起こし、膝の上に座らせた。

「ひ……あああ……っ!!」

中を強く抉《えぐ》られ、悲鳴が口を突いて溢《あふ》れ出た。

「あ……あ……っ」

首を傾け、痛みをやり過ごそうとする。肉筒が何度もユーディウを締めつけているのが、自分でもわかった。

そしてようやく少しばかり慣れたと思った途端、自分の姿勢に恥ずかしさが込み上げてきた。

ジブリールは両脚を閉じようとしたが、させてもらえなかった。

「やだ、やだ、王子……!!」

ユーディウは聞いてはくれない。それどころか彼はジブリールの膝の裏を掴み、大きくひらかせた。

性器も、彼と繋《つな》がったところも、すべてがオメガたちの目に晒《さら》されてしまう。

「あ……」

突き刺さるような視線に促され、恐る恐る見下ろして、ジブリールは自分が勃起《ぼっき》していることに気づいた。

（嘘……なんで）

突き上げる羞恥《しゅうち》で、全身が真っ赤に染まった。

「……っ……」

思わずぎゅっと目を閉じる。

罰として抱かれ、あんなにも痛かったのに。苦痛だったのに。

そのうえ皆に見られて、恥ずかしくてたまらないというのに。

なのに馴染んでしまえば、その感触に反応する。中を侵しているのが、ユーディウの性器だからだ。本当は発情期じゃないときでも、彼に抱かれたいとずっと思っていたから。

ジブリールはじわりと涙ぐんだ。

「へえ……」

ファラーシャの声が聞こえてきた。

「こんな状況でも勃起できるのか。いやらしいやつだな。発情期でもないのに」

と、喉《のど》で笑う。

「乳首も勃《た》ってますね」

他のオメガたちも迎合する。

「ああ。さわられてもいないのに、ぴんぴんに尖《とが》って……」

「ひっ――」

指で弾《はじ》かれて悲鳴をあげた。そこがますます尖るのがわかった。刺激は体奥まで響き、内襞《うちひだ》が勝手に蠢動《しゅんどう》するのがわかる。

ユーディウの吐息が首筋にかかり、ぞくりと息を呑んだ。

(ユーディウも感じてるんだ)

そう思うと、たまらなかった。勃ってしまったものの先端が、薄っすら濡れてしまうのを感じた。

ユーディウはジブリールのうなじに舌を這《は》わせてくる。

「んあ……っ」

それはまるでつがいになるための儀式を思わせ、ジブリールは思わず喘《あえ》ぎを漏らした。

「こっちもぎちぎちだな」

そう囁いたファラーシャのしなやかな指が、下へと伸びてくる。はっと唇を噛《か》んだが、遅かった。

「あっ——」

繋がった部分の縁を撫でられ、ジブリールは背を撓《しな》らせた。

「ひ、あ、あ、やめ……っあぁ……っ」

びくびく先端が震え、先走りが軽く飛んだ。

「は……こんなのでイきかけるとはね」

呆《あき》れられ、ますます全身が火照《ほて》った。嘲笑《ちょうしょう》の視線が集中しているのがわかる。

（……どうして、こんな）

屈辱を受けながら感じてしまう自分が信じられなかった。それほどまでにユーディウと繋がっているという事実は大きいのだろうか。

そんなジブリールに、ユーディウが囁いてくる。

「誰の手でも反応するんだな。さすがオメガだ」

「……っ……!!」

その言葉は、他の誰に言われるよりジブリールの胸を抉った。そう言われても仕方のない反応かもしれないけれども。

（でも、違うのに……！）

「一緒にすんな」

ファラーシャまでが追い打ちをかけてきた。

「こいつは発情期でさえないのに、誰彼かまわず咥《くわ》え込むようなやつなんだから」

「違う……!!」

それだけは否定したくて、ジブリールは必死で叫んだ。ユーディウにわかって欲しかった。

「ほんとに違うから……!!」

彼は答えなかった。

かわりにファラーシャが、周囲のオメガたちを唆《そそのか》す。

「誰か、こいつイかせてやれよ。とは言ってもこっちにはさわるなよ。簡単にゆるしたら、面白くないからな」

科白《せりふ》とともに先端を弾かれた。

吐精することはできない。

「ふうん……？」

霞《かす》む視界に、ファラーシャが舌で赤い唇を舐める
のが見えた。

彼が再び手を伸ばしてくる。

「ひ……」

先刻と同じように縁にふれたかと思うと、彼はユ
ーディウが挿入ったままの部分へ、更に指を挿し入
れてきた。

（嘘……）

信じられなかった。

「痛……っやだ、やめ……っ」

裂ける、と思った。けれども、ファラーシャは囁
く。

「痛いだけじゃなくしてやるよ」

彼は中を探り、指を折り曲げた。

「あ……あああぁぁ……っ！」

一番敏感な場所を探り当てられ、刺激される。屹《きつ》
立した性器は塞がれたまま、ジブリールの身体は跳ね上がる。

「では、私がやろう」

（え……っ？）

ユーディウの言葉に、ジブリールは思わず振り向
こうとした。

それより早く、後ろからまわされたユーディウの
指が、硬く尖った乳首にふれた。

「やあ……っ」

そのまま摘《つま》み上げ、指先で転がす。

「あっ、あっ、あっ――」

嬌声《きょうせい》が抑えられなかった。乳首への刺激が、下
腹にまで響く。疼《うず》きが伝わる。

「あぁ、や、それいや、王子……っ」

ジブリールは何度も体内のユーディウを締めつけ
た。熱く脈動しているのに動かないユーディウがた
まらなかった。

いきたくてたまらなかった。先走りは溢れるのに、

立《りつ》にはふれられもしないまま、ジブリールは一気に昇りつめていた。

「あ……あ……」

指を抜かれると、ジブリールの内襞はなかば痙攣《けいれん》するようにユーディウをきゅうきゅうと締めつけた。

「ふぁ、あ、……あぁ……っ」

吐精するジブリールの首筋に、ユーディウは顔を埋《うず》め、強く抱き締めて突き上げてきた。

「や……っ、あ、あぁぁ……っ」

絶頂の最中に内壁を擦《こす》られ、奥を突かれる。度を越した快楽に、ジブリールは泣き叫んだ。それを宥《なだ》めるように、ユーディウはうなじを何度も甘噛みしてくる。

「あっ、あっ、あ……っ」

やがてユーディウが中で弾けた。

「やぁっ……だめ、……っ」

ジブリールは狂ったように首を振った。どくどくと注ぎ込まれる感覚がたまらなかった。下腹が重くて苦しい。なのにジブリールはまた達してしまう。けれども勃起したままの先端から、精液が漏れることはなかった。

ただ、いつまでも続く激しい絶頂感だけが、ジブリールを翻弄《ほんろう》した。

7

目が覚めると、ジブリールは自分の部屋のベッドにいた。

（……俺、どうして……）

眩暈《めまい》とともに記憶が戻ってくる。発情抑制剤を求めたことを咎められ、不貞まで疑われて、皆が見ている前で――。

吐き気を覚えて、ジブリールは思わず口を押さえた。

「ジブリール様……!!」

ちょうどそのとき、カミルが部屋に入ってきた。

「お目覚めになられたんですね。よかった……。あの、ご気分は……?」

カミルはジブリールに駆け寄り、心配そうに覗き込んでくる。

「……大丈夫」

実際、吐き気はしたものの、何も出てはこなかった。

カミルはほっとしたような笑顔を零《こぼ》す。

「三日も眠ってらしたんですよ」

「三日……!?」

さすがに驚いた。思わず起き上がろうとした途端、視界が廻《まわ》り、またベッドへ沈み込む。

「大丈夫ですか……!?　急に起きちゃだめです」

「うん……ごめん」

ひどい目に遭った衝撃と疲労のためだろうか。それ以前からあまり眠れていなかったせいでもあるのかもしれない。

カミルが抱き起こし、背中に枕を三つほど入れてくれた。

「あの、食べられそうなら何か口に入れられますか?　スープでも……?」

「……うん……そうだな」

「じゃあ、すぐにご用意しますね……！」

ぱたぱたとカミルは駆けていった。

ジブリールは一人になって、深くため息をついた。

食べられる気はあまりしなかったが、少しだけ一人で考えたかった。

（……王子が、あんなことするなんて……）

抑制剤を欲しがったのが、自分で思っていた以上に重い罪だったことはわかった。

でも、不義は違う。

ユーディウが讒言《ざんげん》を受け入れたことを思い出すと、憤りと悲しさで涙が出そうになった。

彼は、自分よりファラーシャの言葉を信じたのだ。

（違うって言ったのに……！）

じわりと涙ぐむ。

（どうして？　俺よりファラーシャのほうが好きだから……!?）

彼の妖艶《ようえん》な笑みが脳裏《のうり》を過《よぎ》った。

同時に人の気配を感じて、ジブリールは慌てて目許《めもと》を拭った。カミルか小姓たちの誰かが戻ってきたのだと思った。

けれども扉のほうを見れば、姿を現したのは、彼らではなかった。

（王子……っ）

その姿を見た瞬間、ジブリールはなかば反射的に枕を一つ抜き、彼に向かって投げつけていた。

「……っと」

ユーディウはなんなくそれを片手で受け止めた。

「ひどいな」

「……っ何しに来たんだよ……っ、出てけよ……！」

自分で決めた言葉遣いも何もかも吹っ飛んでいた。

ユーディウはかまわず、そのまま近づいてくる。

そして枕をジブリールに返し、傍に置かれていた椅子に腰を下ろした。

「だが、それだけ元気なら心配なさそうだ」

（心配……!?）

もしかして、心配してきてくれたのだろうか。そんなふわりとした気持ちが一瞬だけ胸を過るけれども。

(こいつが何したか、思い出せよ……！)

揺れる心を叱りつける。

「……っ、なんであんなことしたんだよ……っ!?　たしかにあんたのオメガとして、発情を拒否しようとしたのは悪かったかもしれないけど、あそこまですることないだろ!?　イスマイルとなんて何もないって言ったのに……！」

「――おまえがあいつと仲がいいのは事実だったからな。私のオメガに、他の男の子を孕《はら》ませるわけにはいかない。少しでも疑いがあれば、罰をあたえなければならないのは当然だ」

「な……」

ジブリールは絶句した。

ユーディウの言葉は、ジブリールに自分たちオメガが――自分が、アルファの男子を産むための道具なのだと改めて突きつけていた。

「アルファの男子を産ませることが、そんなに重要なのかよっ……」

言葉は叫びのようになった。

「そうだ」

「……アルファの男子を手に入れるためなら、なんでもするのか」

「ああ」

抑えていた涙が溢れそうになった。ユーディウの視線は、ただアルファの男子を産ませることだけに向けられている。

(俺の気持ちなんかはどうでもよくて)

「この後宮にオメガを集めているのは、他のどの王子よりも早くアルファの男子を得て、玉座を手に入れるためだ。そのために必要なら罰もあたえるし、どんなことでもする。人を裏切ることも、実の兄弟たちを潰すことも」

「……っ……」

ユーディウの言葉に納得できないわけではない。

彼が王になってくれたら、と思ったこともあった。

でも結局、彼は権力を得たいだけの男なのだろうか。

「——ちょっとはいいやつかもしれないって思ってたのに……っ」

ジブリールはユーディウに枕を何度も叩きつけ、ぎゅっと抱き締めて顔を埋めた。涙が零れるのを見られたくなかった。

「……それは残念だったな」

彼が立ち上がる気配がした。

ユーディウはジブリールの頭を撫でる。その手つきは、変わらずやさしいのに。

「次の発情期を楽しみにしている」

その科白はジブリールの胸を抉った。

続いて、扉が閉まる音がする。ユーディウが出ていった音だった。

一人になって、ジブリールは泣いた。


ユーディウと出会ってから今までのことが、次々と脳裏を過った。

強姦《ごうかん》されかかっていたところをたすけられたこと。四翼に連れてこられ、発情期の間中ずっとユーディウと二人きりで過ごしたこと。抱かれたこと。教室を開き、小姓たちに文字を教えるジブリールを認めてくれたこと。一緒に教材を考えてくれたこと。

後宮の他のオメガたちのことはとても気になったけれど、ユーディウとの暮らしは、ジブリールにとってけっこうしあわせだったのだ。

それなのに。

(……どうしよう。もうすぐ次の発情期が来る)

そうしたら、ユーディウにまた抱かれなければならない。

(……もういやだ)

この城にいたくない、とジブリールは強く思った。

(やっぱり、ユーディウの傍にはいられない)

けれども出ていってどうするというのか。発情期がある以上、まともな職には就けない。食い詰めて、また悪事に手を染めるはめになるかもしれない。

(……抑制剤がないと出られない)

だけどそれはこの後宮の中でなら、手に入れられないわけではない。在《あ》り処《か》ならわかっている。盗む、という行為には心が痛むけれども。

(それでも、薬が手に入ったら……)

「ジブリール様……っ」

ユーディウと入れ替わりに、カミルが戻ってきた。

彼はジブリールの涙に濡れた顔を見て、はっとしたようだった。ベッドの傍に駆け寄ってくると、抱えていたアブヤドの籠を置き、跪いて両手を突いた。

「申し訳ございません……っ」

「何が?」

「あの……あの、おゆるしもなくユーディウ殿下をお通ししてしまって……」

あんなことがあったのに、と消えそうな声で呟《つぶや》く。

ジブリールは微笑おうとした。

「おまえが悪いわけじゃないだろ。……王子が部屋に入れろって言ったら、拒否できるわけないもんな。首を刎《は》ねられる」

ジブリールは冗談にしたつもりだったけれども。

「そんな、それなら刎ねられてもかまわなかったです……!」

カミルは懸命に首を振る。

城を出れば、この子たちとも離れ離れになって、二度と会うことはできない。そう思うと、ひどく寂しかった。

(それに……)

カミルが持ってきた籠の中から、アブヤドがつぶらな瞳をジブリールに向けている。

ユーディウにもらった雛《ひな》は、ジブリールにすっかり懐いていた。できるものなら連れて出たいが、外の世界はオメガにとってひどく過酷だ。守りきれる自信はなかった。

(授業だって、せっかくだいぶ進んだのに)

ユーディウとつくりかけていた教本も、あと少しで叩《たた》き台が完成するところだったのだ。途中で投げ出すかたちになるのも辛かった。

（せめて、あれが終わるまで……。……王子はもう教室にも来てはくれないんだろうけど……）

仕方のないことだ。それに来てくれたとしても、どうせもう前みたいに屈託なく話すことなどできないだろう。

「あの……ジブリール様」

カミルがどこか逡巡《しゅんじゅん》したようすで、再び唇を開いた。

「……あの、本当に、ユーディウ殿下の御訪問のこと、最初はお断りしてたんです。ジブリール様はお会いになりたくないだろうし、目をお覚ましになって御許可をいただいてからと思って……」

「うん、ありがとう」

怒ってない、という意味を込めて、ジブリールは微笑《ほほえ》む。

「……ただ、……何度も見えられて御容態を聞かれて、とても心配していらっしゃる御様子だったから、……お断りできなくなって……」

「え……っ」

思わず、声が漏れた。

（……王子）

ユーディウは本当に心配してくれていたのだろうか。

また心が揺れる。彼がわからなくなる。

（……もういやだ）

と、ジブリールはまた思った。

やがて体調は回復したが、後宮はジブリールにとって、ひどく居心地の悪い場所になっていた。

（それはそうか……）

あんなことがあったのだ。

広間へ行けばひそひそと陰口を言われるから、教室と食事と風呂など、最低限しか部屋の外に出なくなった。

（……やっぱり、これ以上四翼にいるのは……）

いや、なのかどうかよくわからない。ユーディウの傍にいるのも辛いし、離れるのも辛い気がした。

迷いながらも、ジブリールは逃亡のための準備を進めた。

まずは閉ざされた後宮から出て、四翼の厳重な警備を突破しなければならない。そしてまた、孔雀宮《カスル・ターウース》自体からも脱出する。

考えただけでも気が遠くなる行程だったが、こっそりと夜中に張りこみ、後宮の扉を警備している警備兵の交代時間を探った。

並行して、抑制剤を盗み出す算段をした。

あれ以来、イスマイルは検診と病人が出たとき以外、後宮への出入りを禁じられ、医務所も普段は閉鎖されていた。

つまり、夜中に密かに忍び込むしかない。

（……鍵が必要なんだけど……）

医務所の鍵はイスマイルと、ユーディウが予備を持っていると聞いたことがある。

ほとんど後宮に来なくなったイスマイルから盗み出すよりは、ユーディウのほうが簡単だろうか。おそらく私室のどこかにしまってあるのだろうから。

ジブリールは皆が寝静まった頃、自室を抜け出し、ユーディウの部屋を探ってみることにした。

以前幾晩もともに過ごしたおかげで、勝手はだいたいわかっている。

彼の部屋は広く、寝室や書斎、居間や浴室など、いくつかの領域に分かれていた。

深夜、ジブリールは彼が眠っている時間を狙って、庭に面した浴室から忍び込んだ。

（まあ、さすがにここにはないだろうけど……）

しまう場所もないし、敢《あ》えて隠すつもりならありうるが、ユーディウはその必要性を感じてはいないだろう。多分、普通に抽斗《ひきだし》の中などに置かれている可能性のほうが高い。

（この先は寝室……）

おそらくユーディウはこの中で眠っている。

さすがに室内でごそごそやっていたら、一発で気づかれてしまうに違いなかった。寝室は避けて、別の部屋へ迂回《うかい》しようか。

そう思いながらも、ジブリールの足は寝室へ続く扉へと吸い寄せられる。

（……この向こうにユーディウが……）

いたからどうだというのか。会いたくなどない。そもそも呼ばれもしないのに――発情期でもないのにここにオメガが来ることは禁じられている。見つかれば、また罰を受けることになるかもしれない。

どきどきしながら、ジブリールは中の気配を窺《うかが》った。

（あ……でも）

なんだか気配がない？

もしかしたら、いないのだろうか。それともただ静かに眠っているだけか。

激しく脈打つ胸をてのひらで押さえながら、寝室の扉をほんのわずかに開けて、隙間から覗いてみた。

（あれ……？）

淡く灯《とも》された灯《あか》りの下、寝台の上にユーディウの姿はなかった。部屋中見まわしても、彼はいない。

（なんだ……）

緊張が一気に解けた。

まだ書斎で仕事でもしているのだろうか。だとしたらチャンスだ。寝室を探せる機会は、もうそうそう訪れないかもしれない。

ジブリールは室内へ踏み込んだ。

部屋の中に微《かす》かに残るユーディウの匂いに鼓動が高鳴る。どうしても反応してしまう。そんな自分がいやになる。

ジブリールはなかば無意識に巨大な寝台へと歩み寄っていった。

（……このベッド……）

ここで初めて彼に抱かれたのだった。情熱的だったけどやさしかった。何度もキスしてくれた。あのときは彼の心が少しは自分にもあると思っていた。

それなのに。

このベッドで抱かれた記憶に、ふいに広間で犯された記憶が重なる。

ジブリールは強く首を振って振り払った。

感傷に浸っている場合ではないのだ。

巨大な寝台の傍に、サイドボードがある。その抽斗を開けてみると、あっけないほど簡単に、鍵は見つかった。

（あった……！）

細工に見覚えがある。たしかにこれは医務所の鍵だった。

（……こんなに簡単に見つけちゃっていいんだろうか……）

呆然とするほどだった。

でも、とにかく見つけたのだ。早々に退散しよう。

抽斗を元通りに閉めようとして、

（……ん……？）

ふとその奥に、不自然なものがしまわれているのに気づく。

（何？　絵……？）

額に入った絵のようだ。

飾りもせずにこんなところにしまい込んで……しかも裏に伏せてあるのはどういうことだろう？

そっと引っ張り出して、表に返してみる。

（王子……!?）

声が漏れそうになった。

その絵には、一人の中性的な男性と、二人の男の子の姿が描かれていた。そして三人の顔立ちは、どこかしら似通って見える。

（この子……もしかして王子、……だよな）

一番小さい男の子に、彼の面影《おもかげ》を見つけた。

幼いが、整った目鼻立ちは彼に重なる。賢そうで、それ以上に輝くような笑顔に惹きつけられた。今の、どこかつくったような笑みとはまるで違った。

(……可愛《かわい》い)

一瞬、これまでの経緯も何もかも忘れて、つい笑みが零れてしまうほどだった。

もう一人の子も可愛いが、ユーディウのそれは際立って感じられた。

(こんな可愛い子が、あんなことをするようになるんだから)

先のことというのはわからないものだと思う。

(王子と……もう一人の男の子は、お兄さんかな)

ユーディウより少し年嵩《としかさ》に見えた。

(国王陛下《へいか》に逆らって投獄されたとか……)

以前、イスマイルに聞いた話を思い出す。たしかに子供ながら意志の強そうな瞳をしていると思う。

(そして多分、お母さん……？　俺と同じオメガの)

ユーディウと同じ金髪に蒼い目をしていた。美人というより、どちらかといえばふんわりとして、やさしそうな人に見える。

(もう亡くなってるんだよな……)

こんな可愛い子供たちを残して逝くのは、どれほど心残りだったことだろう。もしこの人が生きていたら、ユーディウも違う育ちかたをしていたかもしれなかったのに。

——あれでけっこう可哀想《かわいそう》な人でもあるんですよ

イスマイルの言葉を思い出す。

——寂しさとでも言えばいいでしょうかね。それをおまえに埋められたらいいと思うのですが……

ジブリールは慌ててそんな記憶に蓋をしようとした。

隣の部屋に、人が入ってくる気配を感じたのはそのときだった。

(まずい……！)

ジブリールは音を立てないように気をつけ、できるだけ急いで絵を元通りにしまった。鍵を懐に隠し、素早く出ていこうとする。

その足を止めたのは、オメガという単語が聞こえてきたからだった。

（何を話してるんだろう……？）

聞こえてくるのは、ユーディウとイスマイルの声だった。

ユーディウが、イスマイルとジブリールの――自分のオメガとの不義を疑っているなら、彼と会うことに遺恨はないのだろうか。

ジブリールはつま先立ちでドアの傍まで歩み寄り、耳をそばだてた。

「やはりオマー大臣は手当たり次第にオメガを集め、売り捌《さば》いているようですね」

（……!?）

オメガを売り捌く!?

突然出てきた話に、ジブリールは息を呑んだ。

街で暮らしていた頃には、オメガを売り飛ばすというのはよくある話ではあった。

（でも、大臣が……!?）

勿論、奴隷でもないオメガを売買しているのなら、違法のはずだ。それなのに。しかも「捌く」ということは、かなり多数を扱っているということか。

ジブリールは驚いたが、ユーディウにとっては想定済みだったようだ。

「やはりな」

と、彼は言った。

「だが、証拠は集まりつつある。早々にあいつを監獄へ送ってやれる。――ニザール兄上の慌てぶりが楽しみだ」

（ニザール王子……）

何カ月もいれば、多少は孔雀宮のことも耳に入ってくる。

オマー大臣とは複数いる大臣たちの中でも相当な実力者で、ニザール王子の母とは親戚であるため、二翼の後ろ盾となっていた。

「手強い相手だと思いますが」

「私は兄の轍《てつ》は踏まない。上手くやりおおせてみせる。それにオマー大臣を潰せれば、ニザール兄上は自滅する。自分でオメガを捕まえることなど、無能なあの人にできるはずがないからな」

冷たい口調と、母親違いとはいえ実の兄弟に対するあからさまな蔑みに、ジブリールはぞっとした。

(やっぱり、この人はこういう人なんだ)

冷たくて、人を人とも思わない。だからジブリールにもあんなひどい真似《まね》ができたのだ。

けれども続けて聞こえてきた言葉に、ジブリールは耳を疑った。

「二翼に攫《さら》われたオメガたちを、救わなくては」

(え……?)

(オメガたちを救う……?)

ジブリールの頭は混乱した。どういうことなのか、懸命に考える。

アルファ第二王子ニザールの後ろ盾となっているオマー大臣が、オメガを二翼に集めて売り飛ばしている。それをユーディウは、たすけ出したいと思っている……?

「……救い出したらどうします？」

と、イスマイルは問いかけた。

「四翼に囲って、あなたの子を産ませますか。現状では四翼の後宮はまだまだ手薄だし、身分には難があっても、もしかしたらアルファの男子を産む者が出るかもしれません」

「……それもありだが……」

ユーディウは気が進まなそうだ。

(どうして)

彼の目的からすれば、四翼に囲うオメガは多ければ多いほどいいはずだ。

「特別な子ができたからですか」

(特別な子……?)

イスマイルの問いが、ジブリールの胸を突く。

ユーディウにはそういう相手がいるのだろうか。

この四翼の中に？

ジブリールの脳裏にファラーシャの顔が浮かんだ。

……それとも外の世界に？

「まさか」

けれどもユーディウは笑い飛ばした。

「ただ、たとえオメガであっても、アルファに囲われたりするのではなく、自立して普通に生活できるような世界を早くつくりあげたいと思っただけだ」

（え……）

彼の言葉は、ジブリールにとって激しい衝撃だった。

（オメガでも普通に暮らせる世界）

それを彼は、王になって実現しようとしているのか。

ジブリールはオメガだとわかってからこの城に来るまでの数カ月を娑婆《しゃば》で暮らし、誰の保護もないオメガが悪事を働かず、身も売らずに自立することなど、とても不可能だと思った。

でもそんな世界を、ユーディウが変えてくれるかもしれない。

何不自由ない高貴な身分の王子が、オメガに同情して、オメガのことを考えてくれている。オメガを本当の意味で救おうとしてくれているなんて。

身が震える思いだった。

彼がそんなふうに考えるようになったのは、彼の母親の影響なのだろうか。先刻の肖像画が、ジブリールの瞼《まぶた》に蘇った。

——偏見を持たれがちではあるけど、それぞれの性に役割があるだけだ。……何も恥じることはない
初めてユーディウと一緒に過ごした発情期に、オメガであることを恥じなくていいと彼は言ってくれていたのだ。

「まあ、簡単にはいかないだろうが」

と、ユーディウは言った。

「少なくとも、オメガでも抑制剤を安く買えるようにしないと」

「ええ」

「抑制剤の量産はまだなのか」

「申し訳ありません。もうしばらくかかるかと。……けれどそれより重要なのは、殿下が王になることです。そうでなければ、抑制剤だけ量産できても世の中は大きくは変えられません。そのためにアルファの王子を得ねばならないことは勿論ですが、他の御兄弟たちに先を越されては元も子もありません」

「ああ」

「障害は、既に道筋のついた二翼よりも、むしろ三翼」

「サイード兄上は、一番乗り気のようだったからな」

「ええ。あの日の時点ではまだオメガを手に入れてはいないということでしたが、あれからもう半年以上過ぎています」

「……ただオメガを手に入れればいいという話ではない」

イスマイルは小さく苦笑した。

「殿下は信じていらっしゃるのですね。アルファの男子を得るためには、オメガの愛情がなければならないと」

「馬鹿馬鹿しいと思うか？　だが私は根拠のないことを言っているわけではない。父上のオメガたちの中で、母上だけが二人のアルファの男子を産んだのだから」

ジブリールは先刻の肖像画の男の子を思い出す。

アルファの兄弟だと聞いて納得できた。ユーディウほどではないとはいえ、それだけの輝きと強さのようなものを、あの絵のもうひとりの少年からもたしかに感じたからだ。

「母上は、心の底から父上を慕っていた。残念ながら、父上のほうはお気に入りという程度だったようだがな」

「……いずれにせよ、三翼の状況が知りたいところですね」

「ああ」

「特別に寵愛《ちょうあい》されているオメガはいないか、懐妊しているオメガはいないか……」

「サイード兄上なら、ニザール兄上と違ってオメガにも好かれるだろうな」

「そうでしょうね」

「だがそう簡単にスパイを送り込むこともできない。向こうも警戒しているからな。出仕したときに探りを入れるくらいがせいぜいだ。しかも私は月が明けたら父上の命で視察に出なければならないし……」

「ええ」

手詰まり——という空気とともに、ふたりのあいだに沈黙が落ちる。

「……殿下」

口を開いたのは、イスマイルだった。

「まだ私をお疑いですか？」

「……」

「もともと、本気で私とジブリールのことを疑っていたわけではないんでしょう」

突然出てきた自分の名前に、ジブリールは飛び上がりそうになった。

「もしそうなら、こんなふうに私を呼んだりはなさらないはずです」

ユーディウは黙っている。イスマイルは更に促す。

「なのに、何故あんな真似を？」

「……この四翼にいるオメガにとって、私を拒否するのは重罪だからな。罰をあたえなければ示しがつかない」

「それだけですか？」

「それだけだ」

「実は嫉妬で頭に血が昇っていただけだったんじゃないんですか？」

（え……？）

「馬鹿なことを」

ずっと平坦で冷たかったユーディウの声が、一瞬だけ上がった。

低く、イスマイルは続けた。

「そろそろジブリールにも次の発情期が来ますね」

「……ああ。あの子はもう私には抱かれたくないようだが」

「それでも抱くんですか？」

「――当たり前だろう。あの子は私のオメガなのだから」

――実は嫉妬で頭に血が昇っていただけだったんじゃないんですか？

その言葉がくるくるとジブリールの中を廻った。

ユーディウがあんな真似をしたのはただの罰ではなく、自分とイスマイルのことを嫉妬していたから……ということが、ありうるだろうか？

たとえそうだったとしても、だからゆるせるというわけではないけれども。

あの行為はたしかに、ユーディウらしくないものではあったのだ。頭に血が昇っていたと言われれば、そのほうがしっくりくる。

（だけど、嫉妬なんて……まさか）

頬が火照る。


「サイード兄上のことはもう少し考える。――報告が終わったのなら下がれ」

ユーディウが寝室へ近づいてくる気配がした。

ジブリールははっと我に返り、浴室を抜けて庭へと飛び出した。


どうにか見つからずに自分の部屋へ戻っても、ジブリールはとても眠ることなどできなかった。

ユーディウの部屋で見聞きしたことが、繰り返し頭を廻った。

アルファの王子を得るためなら何でもすると言い放ち、自分にあんな真似をしたユーディウを、ひどい男だと思った。

でも、そうではなかったのかもしれない。

彼が玉座を目指すのは、ただの私利私欲などではなかった。

彼の理想とする国を実現するために、どうしても必要だからだったのだ。

そしてその中には、オメガが自立して暮らせる世界であることも含まれる。

（……王様になって欲しい）

と、ジブリールは思った。

前にもそう思ったことがあったが、今はそれよりもずっとずっと強く願う。

（王子に、王様になって欲しい）

きっと彼のような人は二人といない。

そのために何かできることがあるならしたかった。

何か――それは勿論、彼のアルファの男子を産むことだろうけれど。

だがそれは、ジブリールにはやはり躊躇いがある。

（王子には……王子にだけは、そういうふうに抱かれたくない）

あまりにも我儘《わがまま》な願いだけれど。

（それ以外で、役に立てることは）

――……三翼の状況が知りたいところですね。特別に寵愛されているオメガはいないか、懐妊しているオメガはいないか……

イスマイルの言葉を思い出す。

――だがそう簡単にスパイを送り込むこともできない。向こうも警戒しているからな
（三翼の情報を摑んでくることができれば、ユーディウの役に立てる？）

ユーディウが言っていたとおり、三翼も厳重な警戒がなされているだろう。

だが、オメガならその警戒を潜《くぐ》り抜けることができるかもしれない。

王子たちは、アルファの男子を産ませるため、オメガの男を捜しているという。

オメガであるジブリールなら、三翼に入り込むことも可能かもしれない。

危険な賭けにはなるだろうけれども、それでも。

（ユーディウの役に立ちたい）

アルファの王子を産む決心がつかないなら、せめて。
ジブリールは強く思った。

8

翌月。

ジブリールは四翼から脱出した。

視察に出掛けるユーディウの荷物にまぎれ込んだのだ。

王子である彼の視察に伴う荷物は駱駝《らくだ》を何頭も連ねるほど多く、櫃《ひつ》の一つに隠れることは簡単だった。四翼の警備は厳重だとはいえ、主に外部からの侵入を警戒したものであり、待遇のいい後宮から逃げ出そうとするオメガはどちらかといえば想定外だったのだろう。

見送りに出なかったジブリールを、ユーディウはあまり不審には思わなかったようだ。

——申し訳ございません、ジブリール様は臥《ふ》せっていらっしゃって……

と、口裏を合わせてくれたカミルに、

——好きにさせておいてやれ
とだけ、ユーディウは言った。臥せっているということも信じてはいなかったのだろう。

隊列は四翼の門を出て、孔雀宮の敷地内を通り、その東門から外へ出る。さりげなくそのコースを聞きだして、ジブリールは途中に発煙筒を仕掛けるように、カミルに命じた。

そしてその騒ぎに乗じて抜け出した。もともと一番目立たない後ろの櫃に隠れていたのだ。

人けのない建物の中に潜んで夜の帳《とばり》を待ち、三翼を目指す。

三翼のサイード王子が、ユーディウと同様に毎日出仕し、同じような時間に自分の宮に戻っていることは、さりげなくイスマイルから聞きだしていた。

（……もうすぐ戻ってくるはず）

緊張のせいか、もともと激しかった動悸《どうき》が更に激しくなってくる。呼吸が苦しい。

(……いや、むしろ緊張っていうか、これは……)

覚えのあるこの感覚は。

(もしかして発情……!?)

まだ予定では一週間近くあるはずなのに。

体調や極度の精神的緊張など、いろいろな状況によって時期がずれることがあるのは知っていたけれども。

(こんなときに……!)

ジブリールは持ち出した抑制剤を飲もうとした。けれども、ふと思いとどまる。

三翼の王子にオメガであることを信じてもらうためには、発情していたほうがいいのではないか。

検査をすればわかってもらえることではあるが、彼がそこまでする気にならないこともありうる。だが発情していれば、アルファにはフェロモンから一発でわかる。

(……その代わり、どんな目に遭わされるかって……)

発情中のオメガを前にして、アルファが欲望を抑えることなどほとんどない。また、容易に抑制できるものでもないとイスマイルに借りた本にも書いてあった。

(……王子は抑えてくれたんだけど)

それはとても稀有《けう》なことだったのだろう。

今度はきっと犯される。——それでも。

ユーディウの理想を実現するために、何か少しでも役に立つことをしたい。どうせもう綺麗《きれい》な身体というわけでもないのだ。

(どうってことない)

他の男に抱かれるのかと思うと、ぞわりと悪寒が走り、恐怖で身が竦《すく》む。けれどそんな気持ちをジブリールは抑え込んだ。

やがて遠く馬の蹄《ひづめ》の音が響きはじめた。

(来た……!)

サイード王子は馬車ではなく、自分で馬を駆る夕イプらしい。

タイミングを計って、ジブリールは木陰から門の前に走り出した。

「あっ、こいつ……!!」

門番がジブリールに気づき、捕まえようとする。それをどうにか躱《かわ》して、サイードと思われる男の馬の前に踊り出した。

「うわっ――」

彼は驚いて馬を止めた。嘶《いなな》きが響く。従者たちがジブリールと彼のあいだに立ちふさがろうとしたが、彼がそれを止めた。

「誰だ、おまえは」

と、彼は問いかけてきた。

(……この人が、王子の兄……)

精悍《せいかん》な顔は整ってはいるが、華やかなユーディウとはあまり似ていない。背の高さはユーディウよりわずかに高い程度だろうが、体軀《たいく》はずいぶん筋肉質に感じる。ユーディウもしっかりと筋肉はついているのだが、衣の上からは優雅さのほうが目についた。

「――オメガのようだが?」

「はい……」

先刻より更に動悸は激しくなってきていた。

「オメガが何故こんなところにいる?」

「……二翼から逃げてまいりました」

「ニザール兄上のところから?」

やはり第三王子サイードで間違いないようだ。

「はい……売り飛ばされそうになって、なんとか隙を見て……。そうしたら途中で、……発情期が来て動けなく……」

演技するまでもなく吐息が零れる。

「あの……っ」

ジブリールは顔をあげ、必死で叫んだ。

「三翼の第三王子様とお見受けいたします。どうか私を三翼に置いてはいただけませんでしょうか……!?」

「二翼を逃げ出して、三翼に囲われたいのか」

「外国に売り飛ばされるのは堪《た》えられません……っ。それに漏れ聞いたところでは、それぞれの王子様方はオメガを捜していらっしゃるとか。私でお役には立てませんでしょうか……!?」

サイードはじっとジブリールを見下ろす。

「そこまで知っているということは、二翼にいたというのは嘘ではなさそうだな」

「本当です……!」

実際には、四翼から来たのだが。

「よし、乗れ」

「殿下……!!」

側近が慌ててそれを止めようとした。

「危険です……! 二翼にいたのは本当だとしても、何らかの意図があって寄越された者かもしれません!」

「だとしても、こんな小さなオメガ一人に何ができる」

サイードは手を伸ばし、ジブリールの腕を摑んだ。

「あっ――」

そのまま引き上げて前に乗せ、城門の中へと馬を走らせた。

「殿下、そのかたは……!?」

飛び出してきた召使《めしつかい》が声をあげる。

「オメガの部屋の準備はできていると言っていたな。どこだ」

「はい。こちらでございます」

サイードは崩れそうなジブリールを横抱きにして城内へ入ると、そのまま寝室へと運んだ。

ジブリールは寝台へ抱き下ろされ、ぎゅっと目を閉じる。このまま犯されるのだと思うと、覚悟していたことだったにもかかわらず、身体が石のように強ばった。

「……ッ!!」

頭をぐしゃぐしゃと掻きまわされ、押さえつけられる。纏《まと》っていた上衣を剝《は》ぎ取られると、ジブリールは反射的に逃げようとしてしまう。

「動くな……！」

命じられ、びくりと身が竦んだ。アルファの命令には、言いようのない威圧感があった。

そのままズボンまで脱がされる。じろじろと見下ろされ、息が上がった。反応したくなどないのに、アルファを目の前にして、発情したオメガの本能が疼く。

裏返され、後孔に指を突っ込まれた。

「あぁ……っ」

濡れたところを乱暴に探られれば、喘がずにはいられなかった。

（いく……）

「やだ……ユ……」

たすけを求めようとして、はっと思い出す。

――誰の手でも反応するんだな。さすがオメガだ

彼にそう言われたことを。

――一緒にすんな。こいつは発情期でさえないのに、誰彼かまわず咥え込むようなやつなんだから

（俺だって違う……！）

ファラーシャの言葉に、胸の中で反駁する。達してしまいそうになるのを、ジブリールは必死で堪《こら》えた。

ようやく指が引き抜かれた。

だが、これで終わりではないのだ。これからが本番と言ってもいい。

（いやだ……やっぱりだめだ。……でも逃げるのもだめだ。

（我慢しないと）

サイードがふと身を起こしたのは、ジブリールがそう思ってぎゅっと目を閉じたときだった。

（え……？）

「何も持ち込んではいないようだな」

と、彼は言った。

（え）

ジブリールは思わず顔をあげた。アルファであるにもかかわらず、彼は発情中のオメガを抱かないつもりなのか。

（……今のは……じゃあ、……？）

ただの身体検査だったのか。

ジブリールは呆然としつつも、抑制剤が見つからずに済んだことにほっとした。簡単には見つからないように、粉にして帯に縫い込んであったのだ。

サイードは立ち上がり、開け放したままの扉から出ていった。

（たすかった……？　というか……）

ジブリールは力の抜けた身体に鞭《むち》を打ち、よろよろと起き上がった。散らばった服を身に着け、大切な帯を締める。

そしてよろよろと扉の傍へ行き、廊下を覗いてみれば、サイードの背中が見えた。

「ミシャリ……！　どこにいる!?」

彼が声をかけると、奥の部屋から一人の少年が出てきた。

その姿の可愛らしさに、こんなときにもかかわらず、ジブリールは思わず目を見開いた。四翼のオメガたちも皆美しかったが、この少年はまたまるで違う感じだった。

歩み寄るのも待てないように、サイードが彼を抱き締める。

「お帰りなさい」

少年が答えて、サイードの肩越しにちらとこちらを見た。

「あの……」

ジブリールははっと扉の陰に隠れる。

「あの人は誰ですか？」

「そこの門の前で拾った。おまえの仲間だ」

「仲間……？」

「オメガだ」

（——ということは……）

この少年もオメガなのだろうか。そう言われてみれば、たしかにそれらしい気もする。

「二翼から逃げてきたそうだ」

「二翼から」

「ああ。発情中のようだ」

「え……っ」

「俺は何もしていないぞ……！　ただ服を脱がせて、余計なものを持ってないかどうか検査はしたがな」

信じられない言葉を聞いた気がした。

サイード王子は、オメガに対して釈明をしているのか。

「……」

「信じないのか？」

甘い声で囁く。

「……信じてますけど。……でもアルファにとって、発情中のオメガのフェロモンって凄《すご》いんでしょう」

「まあな。でも俺にはおまえがいる。俺を惑わせるのはおまえの匂いだけだ」

「サイード……」

口づけをかわす濃厚な気配がした。

ジブリールはかあっと体温が上がるのを感じる。

考えてみれば、他人が挨拶でない接吻《せっぷん》をかわすところに遭遇したことなど、これが初めてだったのだ。

アルファとオメガでありながら、この二人は愛しあっているのだろうか。

（まさか……）

性的な玩具にするのではなく、本気でアルファがオメガを愛するなんて。

信じられなかった。

でも。

――俺にはおまえがいる
そんなこと、絶対にユーディウは言ってはくれないだろう。

――俺を惑わせるのはおまえの匂いだけだ
じわりと涙ぐみそうになり、ジブリールはぎゅっと目を閉じた。

どうしたんだろう、と視線を動かし、目に入った顔に覚醒する。この愛らしい少年の顔には見覚えがあった。

（たしかミシャリとか……）

同時に、昨夜の記憶が蘇ってきた。

「あ、よかった。気がついた」

ミシャリは微笑を浮かべた。

「大丈夫ですか？　発情中に抑制剤を飲むとダメージが大きいから……」

そう──彼に抑制剤をもらって飲んだのだ。そこまでは薄っすら記憶にあった。意識を失っているあいだに、この寝台に運ばれたのだろうか。

よく見れば、ここは昨日最初に運び込まれた部屋のようだった。

「……」

頭が重く、ひどい眩暈がする。これが薬で無理やり発情を抑えた副作用なのだろうか。喉もからからでよく喋れなかった。


ここではじめるのかと思ったほどの濃厚な抱擁の気配が、ようやく途切れた。

「抑制剤を飲ませてやってくれ」

と、サイードは少年に言った。

「発情中のオメガに、他の者を安易に近づけるわけにはいかないからな」

「わかりました」

少年がぱたぱたとどこかへ駆けていき、やがて戻ってくる気配がする。

（まずい……ベッドに戻っていないと）

そう思ったけれども、身体が動かない。

ジブリールはそのまま意識を手放していた。


「ん……」

目を覚ますと、ジブリールは見知らぬ部屋にいた。

（……俺……？）

「お水いりますか？」

彼も経験者なのだろうか。察したようにそう問われ、ジブリールは頷《うなず》いた。彼はジブリールの上体を少し起こして、背中に枕を入れてくれた。

（何か、ちょっとカミルに似てるかも……）

世話を焼いてもらったせいか、そんなことを思う。

彼が渡してくれたグラスで、ジブリールは一気に水を飲んだ。

「……ありがとう、ございました……」

「どういたしまして」

改めて、落ち着いてミシャリを見上げる。

やはり可愛くて、これならアルファが本気になったとしても不思議はないのではないかと思うほどだった。

けれども、まさかアルファがという気持ちを捨てきれない。

（ただ容姿がいいってだけなら、四翼にもいたし……）

それとも、ファラーシャのように特別な身分のオメガだったりするのだろうか。それならまだありえないことでもないのだろうか。

（この子のほうは、どうなんだろう？）

オメガが本気で思いを寄せているほど、アルファの男子は生まれやすいと言われている。情報として大切なのは、この子——ミシャリの気持ちのほうだ。

因《ちな》みにアルファ側の感情については何の言い伝えも残されてはいないらしい。つまり、それほど論外だということなのだ。

「あの……あなたは？」

「ミシャリといいます。あなたと同じオメガです」

「ジブリールです。……あの……ここに住んでいらっしゃるんですか……？」

「はい」

「ここにはあなたの他にもオメガが……？」

「僕だけです。サイードは、最初は増やすつもりだったみたいですけど、オメガって数が少ないし……」

「あなたがいるから？」

問いかけると、ミシャリの頬がぽっと染まった。

「……って、サイードは言ってくれますけど……」

やはり彼はそれほどミシャリを大切に思っているということなのだろうか？

その想像に、ジブリールの胸は小さく疼いた。

（いや……、大事なのはミシャリの気持ちのほうなんだから、そっちは深く追求しなくていいはず）

だがこのようすからすれば、ミシャリがサイードを愛しているのは疑いない。

（ユーディウたちが心配してたことが、現実になってたってことだよな……）

こんなにも早く状況がわかるとは思わなかったけれど、このことをユーディウに知らせなければならない。

隙を見て三翼を抜け出し、四翼に戻って——。

（ユーディウには怒られる——ゆるしてもらえないかもしれないけど）

「あの……」

ミシャリに話しかけられ、自分の思いに沈んでいたジブリールは、はっと我に返った。

「二翼から逃げてきたんだそうですね」

「ええ……」

「なんだかひどいところだって聞いてはいるんですけど……どんなところでした？」

聞かれるかもしれないとは思っていた問いだった。けれども実際にはジブリールは二翼を見たことさえない。なるべくそれらしいつくり話をしなければならない。

「……オメガたちは狭くて暗い部屋に集められているんです。そして発情したら第二王子の相手をさせられる。気に入られれば第二王子のつがいにされて、そうでなければ外国に売り飛ばされる。……知らない人に犯されるのも売り飛ばされるのもいやで、でも俺にも発情期が来て……。隙を見て、後先考えずに逃げ出してきたんです」

ジブリールはうつむいた。

それらしく語ってはいるが、すべてはユーディウとイスマイルの話をもとにした想像に過ぎない。襤《ぼ》褸《ろ》が出ないうちに話を切り上げたい。

「もういいです、ごめんなさい、辛いことを思い出させて」

「いいえ、そんな」

ミシャリのやさしい気遣いに罪悪感を覚えながら、ジブリールは首を振った。

「もう少し眠ったほうがいいですね。副作用が治まるまで。……横になって」

「ありがとう」

ミシャリに介添えされて、横たわる。

「お水、ここに置いておきますね。あと、少ししたらスープでも持ってきますから」

親切にそう言って部屋を出ていこうとする。

「あ、そうだ」

そして彼はふと振り向いた。

「来週サイードが、孔雀宮の裏の森に連れていってくれることになっているんです。ジブリールも一緒に行きませんか？　凄く綺麗な花が咲いていたりして癒《いや》されますよ」

「え……」

その誘いに、ジブリールは呆然とした。

安全のためでもあるが、他にくらべればかなり扱いがいいと聞いている四翼でさえ、オメガたちは後宮から出してはもらえなかった。

なのにこの子は、後宮の外にまで連れ出してもらえるのか。それほどまでにサイードに信用されているのだ。

しかも、ほとんど会ったばかりの自分のような得体のしれない者まで誘ってくれるなんて。

（……本当にいい子なんだ）

と思わないわけにはいかなかった。

「あの……でもお邪魔なんじゃゃ……？」

せっかく二人水入らずなのに、と問い返せば、ぽっと頬を染める。

「そ……そんなに気をつかってくれなくても大丈夫です。内緒ですけど、これまでにも何度か連れてってもらったことがありますし……あなたも、やっと自由になれたんだから、たまには外の空気を吸ったほうがいいと思います」

「ありがとう。じゃあ、お言葉に甘えて」

ジブリールは礼を言って微笑んだ。

ミシャリも笑い返して、部屋を出ていく。

一人になって、ジブリールはぱたりと寝台にうつぶせた。

（……あんないい子と争うことになるなんて……）

厳密には、ユーディウとサイードとの戦いだが、ユーディウは手段を択《えら》ばず彼らを潰すつもりでいる。そうなったら、ミシャリも無事では済まないかもしれない。

（だってユーディウの理想の国を造るためには、必要なことだから）

ジブリールはぎゅっと目を閉じて、争いを避けたがる気持ちを頭の隅に追いやった。

（……でも、外に出られるのはたすかった）

このまま三翼の中にいるよりは、抜け出す隙があるだろう。

早く四翼に戻り、わかったことを報告しなければならない。

（それとも……）

ここにいるあいだに、ジブリール自身が彼らを引き離すように動くべきだろうか？　でもどうやって？

方法がわからないという以上に、気の進まない仕事だった。

9

ユーディウが半月足らずの巡行視察から戻ってくると、イスマイルが強張った顔をして彼を待っていた。

「――どうした」

自室へ移り、人払いをして、彼の話を聞く。

「使いを出したのですが、やはり行き違っていたのですね」

「何かあったのか」

「ジブリールがいなくました」

その言葉は、ユーディウに痛烈な衝撃をあたえた。

「……いなくなった、だと……？」

「はい。オメガを管理する私の不行き届きです。……申し訳……」

謝罪を遮るように、ユーディウは重ねた。

「攫われた、ということか？」

「違うと思います」

「何故だ」

「医務所から発情抑制剤がなくなっています。おそらくはジブリールが持ち出したのかと。あの子は在り処を知っていたはずです」

「鍵をかけて管理していたはずだろう」

「はい。私のものはずっとこうして」

イスマイルは自分の首から下げた鍵を見せた。

（……ということは）

ユーディウははっとして、寝室のサイドボードの抽斗をたしかめた。

鍵はあった。だが、物の位置がわずかに変わっているような違和感があった。ジブリールが一度盗み出し、また戻した、ということか。

「……本当に自分で出ていったのか……」

ユーディウは呆然とした。ジブリールを犯したときのことが、脳裏に蘇った。――あんなことをしたのだから、出ていきたいと思っても当然なのかもしれなかった。

だが、ユーディウは、信じられなかった。――ジブリールが本気で、自分から離れたがるなんて。

一緒に教本をつくっていたときのジブリールの笑顔が瞼に浮かぶ。あれをはじめた最初の頃、ジブリールは本当によく笑っていたのに。

「――城を出て、どこへ行くというんだ」

呟いた声は、ひどく低いものになった。

「また野盗団に戻るとでも言うつもりか？　抑制剤を持ち出したって、永遠にもつものでもないだろうに……!!」

野盗の一味になって悪事を働き、身を売り、不特定多数の男に犯されながら暮らすほうがいいというのか。

(私の傍にいるよりも……!?)

ユーディウは無意識にテーブルの上を薙《な》ぎ払っていた。載っていたカップが床に落ち、派手な音を立てて割れた。

「殿下……」

「なんだ!?　ジブリールがいなくなったのは、おまえの管理責任でもあるんだぞ……!」

「……申し訳ございません」

ユーディウは椅子に背を投げ出し、深く息を吐く。額を押さえながら、開け放したままの寝室を見やれば、このベッドでオメガの巣をつくっていたジブリールの姿が思い出された。

(あれからまだ数カ月しかたっていないというのに)

「……だがどうやって……。簡単に抜け出せたわけではないはずだ」

「ええ。しかしジブリールが消えたのが、殿下の出発の日だったことを考えると想像はつきます」

「――荷物の中に隠れていたのか」

記憶をたぐれば、隊列の後方で小火《ぼや》があったという報告があったことを思い出す。あれはジブリールの仕業《しわざ》だったのか。騒ぎにまぎれて外へ出たのか。

「あの馬鹿……！」

無意識に舌打ちする。むしろ、馬鹿は自分だ。気がつかないなんて。

「……殿下」

「なんだ」

「もしかしたらですが……ジブリールはただ出ていったわけではないのかもしれません」

「どういう意味だ」

「あの子が出ていく前に、聞かれたからです。王宮の構造について」

「王宮の構造……？　逃亡ルートを探るためか？」

「かもしれませんが……聞かれたのは、出口というより、各翼がどういう配置で並んでいるかです」

「……！　まさか他の王子たちの宮に移るつもりか……!?」

他の翼でもオメガを探していることは、ジブリールも知っているはずだった。四翼より居心地のいい後宮を見つけられれば、街になど戻らなくても済む。それどころか、兄弟たちの誰かのアルファの男子を産めば、国母《こくも》にさえなれる。

「は……はは。とんだ裏切りだ」

否、自業自得《じごうじとく》か。けれども沸々と沸き起こる怒りを抑えることができない。

「——そうかもしれません」

と、イスマイルは言った。

「でも違うかも」

「どう違うというんだ」

「ジブリールは、そういう子だったでしょうか」

「——……」

(違う)

そう思いたい。

出ていくことはあったとしても、ユーディウの対立相手を利するような真似は、ジブリールはしない。

(普通の状態であるならば)

だが、そうされても不思議はないことを、自分はしたのだ。

「――カミルを呼べ」

ユーディウは命じた。

「カミルを？」

「きっと何か知っているだろう」

ジブリールがあれほど可愛がっていた子なのだ。

「御意《ぎょい》。ジブリール付きの者たちは皆、見張りをつけて自室に監禁してあります」


執務室へ連れてこられたカミルは、ユーディウの前に跪いた。

「おまえをここへ呼んだのは、聞きたいことがあるからです」

イスマイルが尋問を開始する。

「……はい」

カミルは震え声で答えた。

「おまえは、ジブリールをこの四翼から逃がす手伝いをしましたか？」

「――っ……」

小姓として、主人が後宮から出るのを気づかず見過ごしたというだけでも、咎めを受けるに十分な罪だ。ましてや逃亡を手伝ったともなれば、ただでは済まない。震え上がるのも当然だった。

「ユーディウ殿下が視察に出られるときに起こった小火は、おまえが起こしたのですか？」

「……」

カミルはうつむいたまま黙り込む。

「答えよ!!」

口を開かないカミルに苛立《いらだ》ち、ユーディウは思わず自ら怒鳴りつけた。カミルがびくりと飛び上がりそうになった。

「お……おゆるしください……！」

カミルは平伏した。

「おまえはあれほどジブリールに世話になっておき

ながら……！　オメガにとって外に出ることがどれほど危険か、わからなかったのか!?」

「申し訳ございません……！」

子供が震え上がっている姿を見れば、憐《あわ》れにも思う。むしろ世話になっていたからこそジブリールの頼みを断れなかったのだろうに。

けれどそう思っても止められなかった。

「ジ……ジブリール様は私に、何も知らなかったと白《しら》を切るようにお命じになられました。奴隷とはいえ、ユーディウ殿下は証拠もなしに子供を処刑したりなさるかたではないからと……。でもやはりそれはできません。わたくしの処分はいかようにもなさってくださいませ。でも……！　ジブリール様は、決して逃げたのではありません……！」

「何故そう思う」

「ジブリール様は、きっと戻ってくるからと仰《おっしゃ》いました……！」

「……戻ってくる……？」

「はい……！」

「……どこから」

「それは……わかりませんけど……。ただ、知りたいことがわかったらすぐに戻るから、それまで教室とアブヤドの世話を頼むと……」

「知りたいこと？」

「はい。そう仰いました」

嘘をついているようには見えなかった。そしてまた、教室などを通して接してきたカミルは、大胆な嘘をつける性格だとは思えない。

「知りたいこととはなんだ」

「……わかりません」

その後もいくつかの質問をしたが、はかばかしい答えは返っては来なかった。サミルやタミルたち他の小姓を呼んでも同じことだった。

ユーディウは彼らを下がらせると、深いため息をついた。

これでは何もわからないのと一緒だと思う。

（だが……もしジブリールが戻ってくるつもりで出たのなら）

ユーディウの傍から逃げ出したのではないことになる……？

ただ、何かを知りたかっただけで。

「……ジブリールに孔雀宮各翼の構造について聞かれたと言ったな」

ユーディウはイスマイルに問いかけた。

「はい」

「そのときのジブリールのようすで、何か気づいたことはなかったか」

オメガとして他の兄弟たちの後宮に入るつもりだったわけではないとすれば、そのどこかに何かを調べるためにもぐり込んだということになる。

（でも何を？）

考えが少しも纏まらない。それはユーディウにとって初めてのことだった。

イスマイルは目を閉じて記憶をたぐる。そして言った。

「……私が簡単な図を描いて説明したとき、ジブリールの視線はどちらかといえば、兄上たちが住まわれる側のほうへ向いていたように思います」

「兄上たち……というと一翼から三翼方面ということか」

「はい。多分、二翼か三翼……。発煙筒の仕掛けられていた位置から考えれば、可能性が高いのは三翼でしょうか」

煙が上がった場所は、たしかに三翼が一番近かったはずだ。

「三翼……。だとしたら、何故ジブリールは三翼へ……？」

やはり次の庇護先《ひごさき》を三翼に求めたのではないか、という疑いが渦を巻く。三翼には二翼のような悪評はないし、兄のサイードは美丈夫の評判も高い。後宮ではそういった他の王子や貴族たちの噂話にも花が咲くと聞く。ジブリールが知っていても不思議はない。

（いや……だが、ジブリールは何かを知るために行ったのだから……）

カミルの証言によれば、だが。

イスマイルも首を振る。

「三翼といえば、殿下にとって一番のライバルと言っても過言ではない相手……。危険を冒して発情抑制剤まで盗み、そんなところに行って、しかもまた戻ると言っている……わけがわかりませんね」

オメガとしての庇護を求めたのなら、発情を抑制することに意味があるのか。

「如何《いかが》なさいます」

と、イスマイルは問いかけてくる。

「捨て置かれますか。本人は自分で戻ってくると言っているようだし、もし戻らなかったとしても、他にもオメガはいます。ジブリールにこだわる必要もありません。——ああ、そういえばあの子はそろそろ次の発情期だったはず。もし本当に三翼へ行ったとしたら、既に手遅れかもしれませんね。サイード殿下のお手がついているかも」

「……っ……」

ユーディウは無意識に唇を強く嚙みしめた。

「——三翼へ先触れを」

低く、彼は言った。

「兄上の宮へ行く」

「しかし殿下」

「腐っても兄弟だ。いきなり叩き斬られることはないだろうよ。——すぐに馬を！」

と、彼は命じた。


ユーディウが三翼へ向かう支度を整えていると、開けたままの扉の向こうに、ふらりと人影が現れた。

「ファラーシャ……」

ユーディウは顔をあげ、その名を口にした。

「どうした？」

「ジブリールのために、三翼へ行くそうだな」

「……どこで聞いてきた」

「さあ」

笑って首を振る。

この四翼内に、それだけの情報網を持っているということなのだろう。

（いつのまに）

本当に抜かりがないと思う。

（我が従兄ながら……）

それでもオメガだというだけで王位継承候補にさえなれなかったのだ。アルファの男子しか玉座を継げないというのは、どこかおかしな制度だ。

（もともとは父上以上に血統正しい存在だというのに）

「行っても、もうサイードの子を孕まされているかもしれないぜ」

動揺を見せるつもりなどなかったのに、一瞬反応してしまう。

「……だとしてもだ。あれの主人は私だ。兄上に渡したままにはしておけない」

ファラーシャは笑った。

「さっさと噛んでしまえばよかったのに」

「――……！」

噛む――というのは当然、うなじのことだ。

――ジブリールのうなじを噛んで、さっさとつがいにしてしまえばよかったのに
ファラーシャはそう言ったのだ。

つがいにしてしまえば、オメガはつがい相手のアルファ以外には発情しなくなる。

その科白に、ユーディウは痛いところを突かれた気がした。

「そんなにも執着しているのなら」

（執着……）

自分はジブリールに執着しているのか。

このとき初めて、ユーディウはそれを突きつけら

れ、自覚したのかもしれなかった。

「サロンであいつを犯したとき——何度もうなじを甘噛みしてたよな」

ファラーシャは指摘する。そのことも、ユーディウには自覚がなかった。ただ、今思い返してみれば、たしかにあのとき自分がそうしていたことをまざまざと思い出せるのだ。

「つがいになりたいなら、あんなんじゃなれないぜ？　オメガを何人つがいにしようが、アルファにはなんのデメリットもない。だったら、他のアルファのものになる前に、さっさと噛んでしまえばよかったじゃねえか？」

「……そういうふうにつがいをつくる気はない」

「へーえ。おやさしいことで。つがいになるには愛しあっていなければ、とでも言うつもりか。アルファがオメガを本気で愛するなんてありえないんだろう？　おまえの父はおまえの母を——それとも数ある妾《めかけ》たちの誰かを愛したか？」

「愛しては……いなかっただろうな」

母は父を愛していたが、父は母を、せいぜいお気に入りのオメガとしか思ってはいなかった。

「じゃあジブリールのことは？　もう他の男のものになったかもしれないオメガを、おまえはそれでも取り戻したいほど愛しているのか？」

（愛……？　俺がジブリールを……？）

どうしてもジブリールを取り戻したいというこの気持ちが、愛しているということなのか。

言葉が出てこなかった。

「全然自覚なかったのかよ？」

答えられないユーディウに、ファラーシャははっと笑った。

「ま、いいや、どうでも。どうせ俺は出ていくから」

ユーディウは顔をあげ、眉を寄せた。

「出ていく……？」

「これ以上ここにいても、意味がないからな」

彼にとっての、ここにいる意味とはなんだったのだろう。アルファの王子を産み、いつか権力の座に返り咲くことだったのではなかったのか。

「別に止めないだろう？　来るもの拒まず、去る者追わず――そういうおまえがジブリールにだけは同じようにできないのは何故なのか。考えてみるんだな」

言い捨てて、部屋を出ていこうとする。

「四翼を出てどこへ行く？　伯父上《おじうえ》のところへ戻るのか」

ファラーシャは鼻で笑った。

「――おまえには関係ない」

＊

よく晴れた日に、ジブリールはミシャリとともに孔雀宮の裏にある森へと連れ出された。

ジブリールは初めてひとりで馬に乗った。基本的なことは教えてもらったとはいえ、かなり難しかったが、少し練習するとゆっくりと歩かせられるようになった。

「ジブリールって器用ですよね？　僕もやってみたことはあるけど、全然だめでした」

「そ、それほどでもないけど。身体動かすのは得意かな」

ミシャリはサイード王子の前に乗せてもらっていた。二頭の馬は、ゆっくりと森の中を進んでいった。

砂漠の国にあるとは思えないほど緑が続く。これをつくり維持するために、どれほどの金がかかっているのだろう。庶民からは想像もつかないほどの資産が王宮にはあるのだ。

なんとなく理不尽を感じつつ、それでも湖のほとりに出ると、歓声を上げずにはいられなかった。

「わあ……！」

「ね、素敵でしょう？」

「ええ……！」

「もともとオアシスがあったところを、今の陛下が整えられたそうなんですよ」

「へえ……」

馬から降りると、ちょっとほっとした。初めての乗馬は楽しかったが、やはり落ちないようにずいぶん気を張ってはいたのだ。

湖の傍で、持ってきた料理や茶菓子をひろげて食べる。

とても長閑《のどか》で、外の世界とも四翼の後宮とも別世界だった。野盗をし、日々強姦されることに怯えて暮らした頃が、まるで夢みたいに遠く思えた。

「食わせてくれよ」

あーん、とサイードがミシャリに向けて口を開ける。

「もう……ジブリールが見てますよ」

「いいじゃないか」

ちら、とミシャリがこちらを見るので、ジブリールは小さく頷いてみせた。

「じゃあ……あーん」

ミシャリの手から、菓子を食べる。仲の良さが微笑ましい。これで二人ともベータなら、完璧に普通の恋人同士だろう。

（では、アルファとオメガなら……？）

じゃれあっているとしか言いようのない二人から目を逸らし、何気なく周囲を見まわす。

（あ……あの屋根は）

遠く見えるのは、四翼ではないだろうか。各翼の建物のかたちは同じだというが、角度的にそんな気がする。

「ジブリール……？」

「あ……ううん。なんでもないんです。……あんまり景色が綺麗だから」

ジブリールは微笑ってごまかす。

「そうだ、ボートに乗ってみませんか？」

と、ミシャリが言った。

「え、ボート……？」

ジブリールはボートを見たことがなかったが、単語の意味は知っていた。湖を見れば、たしかにそれらしいものが浮かんでいる。ジブリールは勿論、乗ったこともなかった。

「サイード、ジブリールを乗せてあげて」

「ミシャリは？」

「二人しか乗れないし、僕はもう何度も乗ってるから」

「え……でも」

「いいでしょう、サイード」

正直、乗ってみたいとは思う。だが、やはりここはミシャリに乗ってもらうべきなのではないか。自分が乗せてもらうのは、いくらなんでも図々《ずうずう》しいというものだ。

それに、警備の者たちもいるから簡単にはいかないだろうが、二人でボートに乗ってくれれば、隙を見つけて逃げやすくなるかもしれない。

「いえ、俺は……」

ジブリールは遠慮しかけたが、

「ジブリール」

サイードが立ち上がって手を差し伸べてくる。

「殿下……」

彼はミシャリの願いを聞き入れたのだ。彼としても本当はミシャリを乗せたかったのだろうが、ミシャリの我儘は聞かずにはいられない――惚《ほ》れた弱味というようにも見える。

断る口実も見つからず、サイードにエスコートされて、ジブリールはボートに乗り込んだ。

ゆっくりとすべり出す。最初は水の上に浮くのが怖くて縁を握りしめていたが、少しすると慣れた。

陸から湖を見るのと、湖から陸を見るのとではまた景色が違って美しい。

「……すみません、図々しく乗せていただいてしまって」

「別にかまわない。ミシャリの頼みだしな。……あいつの希《のぞ》むことなら、なんでもしてやりたいからな」

「本当に大切にしてるんですね」

「当たり前だ」

岸辺で手を振っているミシャリに、ジブリールも振り返す。

（しあわせそうな笑顔）

ユーディウが彼らを潰すということは、この笑顔を奪うということになるのだ。それは正しいことなのだろうか。

（でも……ユーディウが王になれば、すべてのオメガが笑って暮らせるようになれるはず。……そのほうがいい、はず）

「おまえが来てから、ミシャリは楽しそうだ」

と、サイードは言った。

「俺がいつも一緒にいられるわけじゃないし、やはり寂しかったんだろう。安易に他人を近づけるわけにもいかないし、同じオメガの友達ができてよかった」

「……そう言ってもらえると……」

ありがたいと同時に、良心が疼く。

たしかに、安易にオメガに人を近づけることは危険だ。三翼にはハレムがないということは、同じオメガとの交流もなかなかできないということなのだ。

「おまえには感謝してる」

「感謝……」

サイードはアルファなのに、そんなことを真顔でオメガに言うなんて。

しかもジブリールは彼らを騙《だま》しているというのに。

ジブリールは首を振った。

「そんな……そんなこと。……もったいないです」

「……だが」

サイードの声が、ふいに低くなった。

「もしあいつを傷つけたらゆるさない」

「――」

ジブリールは気圧《けお》されたように、何も言えなくなった。

サイードは、また元の彼に戻って、笑った。

「これからも、ミシャリと仲良くしてやってくれ」

サイードは、もしかしたら気づいているのだろうか。ジブリールが二翼から逃げてきたのではないということに。

気づいていて、それでもミシャリが喜ぶなら傍に置いておこうとしているのだろうか。

「……愛しているんですか、ミシャリのこと」

「勿論」

当然というように、彼は答えた。

「本気で？」

「ああ」

「そんなことってあるんですか？　ミシャリは凄くいい子だけど、アルファがオメガに本気になるなんて……ただの本能じゃないんですか？」

オメガのフェロモンは、アルファを性的に惹きつける。それを恋だと勘違いしているだけではないのか。


サイードはじろりとジブリールを見た。ジブリールは思わず息を呑む。怖かったのもあるが、怖い顔は少しだけユーディウに似ていると思った。やはり兄弟なのだ。

「それだけだったら、俺はおまえを抱いてただろうな」

「――……」

三翼に拾われたとき、ジブリールは発情していたのだ。オメガなら誰でもいい――オメガのフェロモンを拒めない男なら、たしかにあのとき、サイードはジブリールに手を出さずにはいられなかっただろう。

だが彼は自分を抑え、ミシャリを求めた。

「俺はあいつのこと、運命のつがいなんだと思ってる」

「運命の、つがい……」

言葉だけは、イスマイルに借りた本で読んだことがあった。

互いに強い絆《きずな》で結ばれ、男女の婚姻と同じように――否、それ以上に離れがたい魂の結びつきを感じ合うアルファとオメガ――まさに「つがい」だ。

だがそれはただのオメガの憧れ、御伽話《おとぎばなし》のようなもので、つがいとは実際には「アルファがオメガの首筋を噛むことによって隷属させること」に過ぎないと思っていた。実際、本の中でも「そういう伝説がある」という扱いだったのだ。

「……つがいにしたんですか、ミシャリを」

「いや」

サイードは首を振った。

「それはきちんと申し込んで、あいつが納得してからと思ってる」

「……」

ここまで言われれば、認めないわけにはいかなかった。

(サイード王子は、ミシャリを本気で愛してるんだ)

そのことがひどく胸に堪えた。

けれども本当は、ずっとわかっていた。ただ、信じたくなかった。オメガでありながらアルファに愛されているミシャリが、妬ましすぎて。

わかっていたのに、ただ認めたくなかった。

(……羨ましい)

ミシャリが死ぬほど羨ましかった。

じわりと涙さえ滲《にじ》みそうになって、ジブリールはうつむく。

岸のほうから悲鳴が聞こえたのは、そのときだった。ジブリールははっと顔をあげた。

「ミシャリ……!!」

突然現れた男たちがミシャリを連れ去ろうとしていた。暴漢は、それを阻止しようとする警備の者たちを次々と倒していく。

サイードは一瞬の迷いもなく、ボートから湖に飛び込んだ。

「殿下……!」

まっしぐらに岸を目指して泳いでいく。

泳げないジブリールは、見よう見まねでボートを漕《こ》ぐしかなかった。もともと砂漠が多くを占める国で、泳ぎのできる者は少ないのだ。

(それにしても、なんでミシャリを……!?)

ジブリールがどうにか岸まで漕ぎついたとき、サイードは敵に囲まれ、身動きが取れなくなっていた。

その隙にミシャリは敵の一人に腕を掴まれ、馬車へ引きずり込まれてしまう。

「ミシャリ……!」

ジブリールは駆け寄った。男の背中から組み付いて、ミシャリから引き離そうとする。

「ミシャリを放せ……!」

「ジブリールっ!!」

ミシャリの叫び声が聞こえた。

次の瞬間、後ろから頭を殴りつけられる。怯んだ隙に、ミシャリと一緒に馬車の中へ放り込まれた。

「ジブリール……っ、ジブリール、大丈夫!?」

「う……」

遠のきそうになる意識を必死に保ちながら、ジブリールは帯を解いてミシャリに渡した。

「……。……」

「え? 今なんて?」

答えたけれども、ミシャリに聞こえたかどうか。

ジブリールは意識を手放していた。

10

（ん……？）

　ふと気がついて頭を起こそうとすると、途端に痛みが走った。ジブリールは呻《うめ》き、再び床に頭を沈める。

（？　床じゃない……？）

　感じるやわらかさに、今度こそはっと目を覚ました。

「よかった……気がつきましたか」

　ミシャリの声だった。ジブリールが頭を乗せていたのは、ミシャリの膝だったのだ。

「大丈夫ですか？　まだ横になってたほうがいいと思います。思いきり殴られてたから……」

「ああ……」

　記憶が蘇ってくる。

　攫われそうになったミシャリを取り戻そうとして、後頭部を殴られたのだ。

「……ありがとう、もう大丈夫です。……ミシャリのほうこそ」

「僕は大丈夫です」

　ジブリールは軽く頭を押さえながら、身を起こした。

「ここは……？」

　ミシャリは首を振った。

「わからないんです。僕もついさっき目を覚ましたところで」

「そうか……」

　室内を見まわす。

　石造りの暗くて狭い部屋だった。入口には重い鉄の扉が閉まっている。おそらく鍵もかかっているのだろう。

　この部屋は、恰《あたか》もジブリールが適当に語った「一翼のオメガたちが閉じ込められていた部屋」のようでもあった。

ため息が漏れた。

(あんなこと言うんじゃなかった)

――……オメガたちは狭くて暗い部屋に集められてるんだ。そして発情したら第二王子の相手をさせられる。気に入られれば第二王子のつがいにされて、そうでなければ外国に売り飛ばされるんだ
まるで罰《ばち》が当たったかのようだとジブリールは思った。

「……ごめんなさい。僕のせいで」

と、ミシャリは言った。

「え? 何言って……」

「だってジブリールは、僕をたすけようとして一緒に攫われてしまったんだし……」

「まあ……そうとも言えるけど……、でも結局たすけられてないし」

ジブリールは苦笑した。

「気にしないで」

「……ありがとう」

ミシャリはぎゅっとジブリールの手を握ってくる。ジブリールも握り返したが、ちょっと気恥ずかしくなってすぐに放した。

「それはともかく、なんとかして逃げないと」

「うん……でもどうやって」

(だよな……)

手掛かりになるものを探して室内を見まわす。

そしてジブリールは遙か上方に、おそらく風通しのために口を開けている格子窓《こうしまど》を見つけた。

見た感じ、硝子《ガラス》は入っていないようだ。格子の間隔も広いので、小柄なジブリールやミシャリなら、なんとか通り抜けることもできそうだった。

「あの窓から出られるかも」

「ええっ!? あそこから!?」

ミシャリは目をまるくする。

「シーツを裂いてロープをつくれば、なんとか登れ

ると思う」

おそらくここはもともと牢屋《ろうや》だったのだろう。酷い部屋だが、一応オメガとしての体調は気にされているのか、粗末なベッドはある。シーツを裂けば、ロープ状のものをつくることはできそうだった。

だが、それはジブリールなら、という話だ。

「む……無理、無理です、あんな高いところ……!」

ミシャリは首を振った。

(まあ……そうだろうな)

ジブリールができそうだと考えるのは、野盗時代に似たようなことをして金持ちの屋敷に忍び込んだ経験があるからだ。どんな技術でも、身につけておけばけっこう無駄にはならないものだと思う。

ミシャリも登れるのなら二人であそこから逃げることもできたのだろうが、最初からそれは無理だと思っていた。

「とりあえず、夜になったらあそこから出て、偵察してくるよ。まずはここがどこかとか、情報を手に入れないと。それから脱出経路を……どうしたの?」

「いえ、……あの……」

「心当たりでも?」

「心当たりってほどじゃ……。でも、もしかしたら孔雀宮の翼のどこかかもしれないって思うんです」

「アルファの王子たちの住いのどこか、ってこと? どうして?」

「馬車から降ろされるときに見た建物の外壁が、三翼の感じとそっくりだったから……。王族や貴族の城なんてどれも似たような雰囲気だと思うし、薄い根拠なんですけど……」

「いや……当たりかもしれません」

そう考えるのが一番しっくりくる。

「話をどこまで聞いてるかわからないけど……今オメガを一番欲しがってるのは、アルファの王子たちだろうから」

(だとしたら、オメガを集めている王子たちの一人に攫われたってことか……)

ミシャリはあの場所に、何度かサイードに連れてきてもらったことがあると言っていた。そのことが知れて目をつけられ、狙われたのかもしれない。

「そういえば」

ミシャリがはっとしたような顔をする。

「二翼の王子はオメガを集めて、気に入らないと売り飛ばすって……。もしかしてここは」

もし二翼だったら。

ミシャリの言葉に、ジブリールもぞっと全身の毛がそそけ立った。

「ジブリールは、二翼から逃げて来たんですよね？　ここが二翼かどうかわかりますか？」

「え、いや……はっきりとは」

ジブリールは目を逸らしがちに答える。実際には二翼になどいなかったのだから、わかるわけがなかった。

「でも、なんとなく……」

「なんとなく？」

「あれ、夕陽ですよね？　だとすると、二翼じゃない気がします。陽の入りかたが違うっていうか……」

窓から見える太陽の感じが、三翼から見たときのものより、四翼から見たときのものに近い気がするのだ。それをミシャリに話すわけにはいかないけれども。

「どっちかっていうと、二翼より三翼に近い気がするから、五翼……かな」

「五翼？　四翼じゃなくて？」

突っ込みにぎくりとする。けれどもたしかに太陽の角度は四翼のものとは違っていたし、そもそも四翼がオメガを攫うとも思えなかった。

「……多分。なんとなくだけど、角度的に……」

「五翼か……」

ミシャリは素直に納得したようだ。

「……五翼……っていうと、……正王妃《せいおうひ》様の王子様の宮だね……」

「うん……」

四翼にいるときに、なんとなく耳にしたことがあった。

第五王子コルカールは、たしか今上《きんじょう》陛下のアルファの正妃腹の王子だったはずだ。アルファの男子は、アルファの男子とオメガの男子の組み合わせから生まれる確率がもっとも高いが、すべてがそうだというわけではないらしい。

「五翼でもオメガを攫ってるってことですよね……。しかも他の王子のオメガをわざわざ、どうして」

言うまでもない。継承争いに勝つためだ。

他翼のオメガを攫ってくれれば、自分の力になるというばかりでなく、それだけ敵の力を削《そ》ぐことにもなるからだ。

（ひどい話だ）

改めて考えてみれば、そう思わずにはいられなかった。

「……どこの翼もそんなことをしてるんでしょうか……」


「さあ……でも、違うところもあると思いますよ」

四翼では、ユーディウは少なくともオメガを攫ってきたりはしていなかった。イスマイルが名家に隠されているオメガたちを、合意の上で集めてきていただけで。もしかしたら親との合意であって、本人の意志ではなかったのかもしれないが。

（それに、これからはどうなるか）

ユーディウだって、他翼の王子たちを潰したいと思っていることにかわりはないのだ。

（でも……それでも王子は違う）

彼の理想を実現するためだ。

そしてオメガでもしあわせに暮らせる世界をつくろうとしている彼が、故意にオメガを大きく苦しめるようなことをするわけがない。

そう信じたかった。

「……ジブリール？」

「あ、ううん」

ジブリールは首を振った。

「少なくとも、サイード殿下は違うじゃないですか。他にもそういう王子もいると思います」

「ええ……そうですよね」

ミシャリは頷いた。

部屋の鍵を外す音が響き、扉が開いたのはそのときだった。

「出ろ！」

現れた兵士が命じた。

「黒髪のほう、おまえだ」

さっとミシャリが蒼褪《あおざ》めたのがわかった。ジブリールは咄嗟《とっさ》にミシャリを背中に庇う。

だが踏み込んできた兵士に突き飛ばされ、その隙にミシャリは腕を摑まれて、引きずり出された。

「ミシャリ!!」

「ジブリール……！」

追いかけたジブリールの前で、大きな音を立てて再び扉は閉ざされた。ジブリールは何度も叩いたが、もう開くことはなかった。


「ミシャリ……」

何の目的で彼だけが連れていかれたのだろう。

(最初からミシャリを狙ってたようだから、オメガだってことは知ってたんだろうし、当然といえばそうだけど……まさかもう王子の相手をさせられるなんてことは)

想像して鳥肌が立った。

(いや……まさか。発情期でもないんだし、それはないよな……？)

敵はジブリールのこともオメガだと気づいているのだろうか。

(サイード殿下の二人目のオメガだと思われてるか……ただのミシャリの召使だと思われていたとしても、気づかれるのは時間の問題だろうけど)

どっちにしても、いずれ発情期は来るのだ。

(俺もミシャリも)

やはりその前に逃げる算段をしなくては。

ジブリールは一人で密かにロープをつくりながら、

ミシャリが戻るのを待った。


やがてしばらくした頃、鍵を外す音がした。

ジブリールははっとして、つくりかけのロープを慌ててベッドの下に隠した。

扉が開いたかと思うと、突き飛ばされるようにしてミシャリが倒れ込んでくる。

「ミシャリ……！」

ジブリールは慌てて駆け寄り、ミシャリを受け止めた。

顔色は悪いが、見たところ傷を負ったり、強姦されたような痕跡はないようだ。ジブリールは安堵《あんど》の息をついた。

きっ、と兵士たちを睨《ね》めつける。

「そんな乱暴にすることないだろ……！」

だがミシャリを連れてきた兵士は、鼻で笑った。

「はっ、オメガが何一人前のこと言ってやがる。来い、次はおまえだ」

「ジブリール……！」

ジブリールは腕を摑まれ、無理矢理ミシャリから引き離された。

部屋から引きずり出され、背中で扉が閉ざされる。かと思うと、両手を捻《ひね》って後ろに纏められ、手枷《てかせ》を嵌《は》められた。

「ど……どこに連れてくんだよ……!?」

「黙って歩け！」

問い返せば、怒鳴りつけられた。

小突かれながら、長い回廊を歩かされる。

その先にたどり着いた扉の前で、兵士たちは立ち止まった。扉を叩き、声をかける。

「もう一人の者を連れてまいりました」

内側から扉が開いた。

出てきたのは、背の高い銀髪の男だった。

（……この感じ……）

眼鏡《めがね》をかけているせいだろうか、どこかイスマイルに似た雰囲気を感じた。

銀髪の男は、兵士たちに顎《あご》で中を示した。

「診察台に乗せろ」

(診察台……!?)

奥を見れば、たしかにそれらしいものがある。目にした瞬間、いやな予感に一気に鳥肌が立った。

反射的に抗ったが、屈強な兵士たちの力に敵《かな》うはずもなく、台の上に乗せられてしまう。そして手枷を外されたのも束《つか》の間、両手を上げた状態で再度拘束され、足も台に固定された。

兵士たちが出ていくと、銀髪の男と二人だけになる。

彼はジブリールを見下ろして言った。

「おまえもオメガか」

「……」

「答えなくても、調べればすぐにわかることだ」

「……あんた、医者なのか」

「そうだ。私のことは、アーメッド教授と呼ぶがいい。この五翼の医師だ」

やはり、ここが五翼だという推理は当たっていたらしい。

そしてまた、イスマイルにどこか似た印象を抱いたのも、同じ医師だったからなのだろうか。とは言っても、イスマイルとこの男とは、決定的に違う。イスマイルは、たとえ相手がオメガであっても、こんな扱いはしない。

アーメッドは無防備に晒されたジブリールの腕の内側に刃物を当てた。

「……っ」

小さな痛みが走る。

滴《したた》り落ちた少量の血を、彼は器に受けた。それに何かの薬品を垂らし、観察する。

「やはりオメガだな」

「……そんなに早くわかるわけ……」

ジブリールが受けるのは初めてだが、第二性別検査では、結果が出るまで一カ月ほどかかるのが普通だったはずだ。

「国の検査などと一緒にするな」

と、彼は言った。

「これくらいのことは簡単だ。私の開発した試薬ならな」

そんな薬をつくれるなんて。

性格はともかく、医師としては相当に優秀な男なのだ。だが、そう思えば思うほど恐ろしさは募る。

「三翼には、オメガは一人だと思っていたが」

「……」

「サイード王子にどこかから攫われてきたのか？

……いや、あれにそんな甲斐性《かいしょう》はないか」

敵方とはいえサイードをそんなふうに呼ぶ彼が不快で黙っていると、太腿《ふともも》を錫杖《しゃくじょう》で打たれた。

「う……っ」

ジブリールは思わず悲鳴を上げそうになった。

「私の質問には素直に答えることだ。痛い思いをしたくなければな」

（なんてことを……）

こんなことを、ミシャリにもしたのだろうか。そう思うとますます怒りが燃え上がる。

だが、屈辱的ではあったが、どうしても答えを拒否しなければならないような問いでもなかった。打たれてまで意地を張るのも無駄に思えた。

「……発情したときに、たすけてもらった」

「ほう……。一番最近発情したのはそのときか」

ジブリールは頷いた。

「なるほど。では次の発情までは間があるな。――このままでは」

「このままでは……？」

その言葉に引っ掛かる。何故だか寒気を覚えた。

アーメッドは、ジブリールの問いには答えないまま次の質問を投げてくる。

「最初に発情したのは？」

「……一年くらい前」

「一年？」

彼は怪訝《けげん》そうな顔をした。第二性別は、普通は十代の中頃までにはわかるものだからだ。

「……おまえはいくつだ」

「……十九」

「それでいきなりオメガになったのか」

ジブリールは頷いた。

「検査は受けなかったのか？　一応義務付けられてはいるだろう」

「……受けてない。庶民は受けないほうがむしろ普通だと思う」

「まあそうだな」

彼もそのあたりの現状は把握しているようだ。

「それが何故急にオメガだとわかった？」

「……突然、発情して」

「ほう……何かきっかけになったことでもあったのか？」

「思い当たることは何も」

「もともと男が好きだとか？」

不躾《ぶしつけ》な質問にむっとした。

「ない」

「男に欲情したことは」

「……ない」

一瞬、言葉に詰まった。オメガになる前は、男に欲望を感じたことなど一度もなかったが、なってからは……ユーディウに対しては、彼にだけはそうとは言い切れなかったからだ。

「ほほう」

彼はにやりと笑った。

「女性を好きになったことは」

「それもない」

「では劣情を覚えたことは」

「……それは……」

年頃の男として、それなりの気持ちにはなったことはあるけれども。

「……でも、劣情ってほどじゃ……」

羞恥心で言っているばかりではなく、そんな強い言葉で表現されることには違和感があった。

「なるほど……同性愛傾向による後天的オメガ化……などということがあるとも思えないが、まあ決めつけないところから科学ははじまるからな」

発情に関する問診は、その後も続いた。

ジブリールにとっては性的嫌がらせを受けているも同然で屈辱的だったが、アーメッドは顔色も変えなかった。ジブリールの答えをさらさらと手許の紙に書きつける。

脈を取ったり、体温を測ったり、目や口の中を調べたりするのは、四翼でも健康診断としてやっていたのと同じようなことだ。

だが、当然のようにそういうことばかりでは終わらなかった。

アーメッドは、ジブリールの足の枷だけを外したかと思うと、両脚を抱え上げようとした。

「な、何すんだよ……っ、やめろ……っ!!」

思わず暴れて、また叩かれる。

「生きがいいな」

アーメッドは喉で笑った。

本能的な恐怖から、ジブリールは暴れた。けれども両手を縛られていては、たいした抵抗はできない。

アーメッドはジブリールから無理矢理ズボンを引き剝がした。そして今度こそ両脚を抱え上げたかと思うと、天井から吊《つ》るされていた止まり木のようなものの両端に結わえた。何のためにあるのかと思っていたが、このためだったのだ。

「解けよ、変態……っ、うわ……っ!!」

罵る暇さえあたえられずに、後孔に冷たいものを突っ込まれた。

「やだ、抜けってば……!!」

「暴れるな」

「ひっ――」

そのまま孔《あな》をひろげられる。挿《い》れられたものが、中で嘴《くちばし》のように開いているのがなんとなくわかった。

「妊娠はしてないな」

やがて器具を抜き取ると、アーメッドは言った。

「……っ、そんなことをたしかめるために……っ！」

「一番大切なことだろう？　既に身籠っているのなら、我が王子の子を孕ませることはできないからな」

ぞっとした。やはり彼は、五翼の王子の子を産ませるために、ジブリールやミシャリを攫って来たのだ。

ジブリールが言葉を失っているうちにも、アーメッドは壜《びん》のようなものを取り出し、どろりとした液体を手に垂らしている。

「何……それ」

「ただの潤滑剤だ」

答えたかと思うと、彼はジブリールの中に指を突っ込んできた。

「や……っ」

ぐちゅぐちゅと掻きまわす。気持ちの悪さで声が出てしまいそうなのを、ジブリールは必死で堪えた。

けれどもそれで終わりではなかった。

アーメッドは、柄のついた鉄製の細い筒のようなものを手にした。先端は少しまるみを帯び、孔が開いているようだった。柄の部分を引いて、なにかゼリー状のものを充塡《じゅうてん》する。

「何、それ……っ？」

問いかける声は、嫌な予感がするあまり悲鳴のようになった。

「強制発情剤だ」

「強制……発情……!?」

「これで数日中には発情がはじまる」

そう言って、アーメッドがゆっくりとそれを近づけてくる。

「やだ、やめろお……っ!!」

ジブリールは叫んだが、やめてもらえるわけがなかった。

ずぶりと後孔へ突き立てられる。冷たい筒が、奥へ奥へと入り込んでくる。潤滑剤を使われた秘部は、拒むこともできずにそれを受け入れてしまう。

とん、と奥まで突き当たった感じがした。

かと思うと、じわりと注入される感触がある。

「あ……っ」

冷たいものが、更にその奥へと入り込んでくる。

それは体内で射精されるときにも似た感覚だった。

「やだ、やめ、やだあ……っ」

嫌悪感で一杯になって、ジブリールは暴れた。けれども拘束されたままで、やはりたいした抵抗にはならない。

「いれないで、あ、あ、……っ」

「ほらもう終わりだ」

信じられないほどたくさん入れられた気がした。

鳥肌が止まらない。気持ちが悪くてならなかった。

「効果が現れるタイミングや反応の違いには個体差があるからな。発情まで毎日、体調を検査させてもらうことになる。勿論、そのあとが本番だが」

「な……何のためにそんなこと……っ」

「研究だ」

「研究……!?」

「オメガの研究に一番有用なのは、発情中だからな。そう、たとえば……オメガが相手のアルファのことを慕えば慕うほど、アルファの男子が生まれやすくなるという俗説がある。四翼のユーディウ王子などはこれの信望者のようだが……別の説もあるのを知っているか?」

突然出てきたユーディウの名前にどきりとしながら、ジブリールは問い返した。

「……別の説……?」

「オメガにとって、愛とは性と同じ……性的な快楽を強く得るほど生まれやすくなるという説だ」

「同じじゃない……!!」

ジブリールは反射的に叫んだ。たとえオメガであっても、性的に感じることと、相手を愛することは違う。

だが、アーメッドは聞いていていない。

「だとすれば、性感帯を調べ、媚薬《びやく》によってより昂《たかぶ》らせた場合、アルファ男子が多く生まれる効果があるのではないか？」

「……っなわけないだろ……!!」

「いずれ実験によってわかることだ」

彼はさらりと言った。

「様々な検査がひととおり済んだら、おまえを王子に献上する。楽しみに待っているがいい」

そしてようやくジブリールの手枷を外してくれた。


「ジブリール……!!」

部屋へ戻されるなり、ミシャリが駆け寄ってきた。

「大丈夫……!?」

ふらつく身体を抱き止められ、思わず縋るように抱き締め返す。

「……ミシャリ……っ、ミシャリ、……おまえもあの」

ミシャリもまた同じ薬をあたえられたのだろうか。聞きたくて、言葉に詰まる。薬は深く入れられたためか、それとも吸収してしまったのか、不思議と溢れてはこなかった。

「……薬のこと？」

「やっぱり……入れられたんだな」

「……」

ミシャリは頷いた。

「どうしよう……どうしよう、ジブリール……！このままじゃ……」

「ああ」

ジブリールもまた頷く。

「……それまでに逃げるしかないな」

薬が効くまでは、数日あるという。そのあいだに逃げるしかない。どちらかが発情したら、もう身動きが取れなくなる。

「ど……どうやって……!?」

「……やっぱりあそこしかない」

ジブリールは窓を見上げた。

11

ユーディウは馬を駆り、許可も得ずに三翼へと向かった。

訪問の申し入れは、丁重に断られたのだ。

体調を崩しているからという理由は、にわかには信じられなかった。

(あの頑丈な兄上が?)

だが、だとしたら何のためにユーディウを来させないようにしたいのか。

理由はわからないが、もしかしてと邪推せずにはいられなかった。オメガと——ジブリールと籠もっているからではないのかと。

ユーディウは三翼の門前に馬を乗りつけ、門番に取次ぎを命じた。

「弟のユーディウが訪ねてきたと兄上に伝えてくれ」

「困ります……! どなたもお通しするなとの御命令で……ユーディウ殿下……!」

阻もうとする門番を強引に振り切って門扉を潜る。

「兄上、サイード兄上……!」

だが、呼ばうまでもなかった。

今にも外出しようとしているサイードと、ホールで鉢合わせたからだ。

「兄上……!」

「ユーディウ……」

ユーディウの姿を見て、サイードは目を見開く。

驚いたのはユーディウも同じだったが、同時に少しほっとしたとも言えた。少なくとも今現在、ジブリールと同衾《どうきん》してはいないことがわかったからだ。

「……めずらしく御体調を崩されたとのこと、心配でついこうして見舞いに来てしまいましたが、お元気そうで何より……」

口上を述べると、サイードは舌打ちした。

「白々しい。訪問は断ったはずだが、それでも敢えて来るとはどういう用件だ？」

「兄上こそ、これからどちらへ？」

「……野暮用だ」

「どんな」

「何故おまえに言う必要がある。どけ」

「兄上……！」

ユーディウは思わずサイードの腕を摑み、彼の前に立ちふさがった。

「おまえ……、何だと言うんだ⁉」

呆れたように、サイードは言った。やはりもう少しちゃんと対策を練ってくるべきだったのだ、とユーディウは思った。

（三翼に何人のオメガがいるか調べて……いや、だがどうやって）

上手い口実も見つからない。むしろ頭が働いていないと言ったほうがよかったかもしれない。ユーディウは深く呼吸して気を取り直そうとする。

「――兄上の許に、うちのオメガが迷い込んでいるのではないかと思って」

「は……？　おまえのオメガ……？」

サイードは眉を寄せた。

「四翼から逃げたオメガでもいるのか？」

「……。逃げたわけではないと……」

ジブリールが本当のことを言っていたとすれば、自分から逃げたかったからではないはず。

「逃げたんじゃないなら、何故うちにいると思う？　俺が攫ったとでも？　ばかばかしい。俺は他人のオメガを攫ったりしない。じゃあな」

サイードは矢継ぎ早に言って、ユーディウを振り払う。

「兄上!!」

ユーディウは思わず声を荒らげて呼び止めた。

サイードは足を止める。

「……おまえ……」

彼はユーディウをしげしげと見つめた。ひどく驚いているようだった。

「おまえがそんなに必死になっているところを、初めて見るな」

「……っ」

実兄にそんなふうに言われるほど、正気を失って見えるのか。そう思うと、かっと頬に血が昇った。

「その子に惚れたか」

「……」

「事情はわからんが、そのオメガが俺のものにされているのではないかと思って、矢も楯もたまらずに取り戻しに来たんだろ？」

「――……」

サイードの言うことは当たっていた。

――じゃあジブリールのことは？

ファラーシャの言葉が耳に蘇る。

――もう他の男のものになったかもしれないオメガを、おまえはそれでも取り戻したいほど愛しているのか？


「……おまえの言っている子かもしれないオメガに、心当たりがないでもない」

と、サイードは言った。

「色白で、褐色の髪と黒い目の子だろう？」

「！」

「二翼から逃げてきたと言っていたが、おまえのところからだったとはな」

オメガに逃げられたのかと嘲《あざけ》られるのは屈辱だった。だがそれより、ジブリールの居所のほうが気になった。

「――ここにいるんですね」

「それらしい子が、いた」

「いた？」

「うちのと一緒に攫われたんだ」

その言葉に愕然《がくぜん》とした。

「攫われたって誰に……!!」

「わからない」

「わからないって……」

「はっきりとはな。状況から見て、兄弟たちの誰かであることは間違いないだろう。おまえも候補だったが、そのようすじゃ違うみたいだな」

一人消えてよかった、と彼は言った。

「それ以上のことは、今捜査中だ」

「殿下……!!」

三翼付き警備隊長が駆け込んできたのは、ちょうどそのときだった。

*

夜遅く、見まわりが去ったのをたしかめてから、ジブリールはベッドを抜け出した。

「……本当に行くんですか?」

ミシャリは不安そうに言った。

彼には窓まで登るのは無理だから、ジブリールが偵察してくるつもりだった。五翼から出られるルートを、そして梯子《はしご》のようなものを手に入れられれば、ミシャリも牢から抜け出すことができる。

「大丈夫。必ず戻ってくるからミシャリはここで待ってて。一人で逃げたりしないから」

「そうじゃなくて、危険だから……っ」

(……そっか)

ミシャリはそういう子だったのだ。

(俺だったら疑うけどな)

自分との違いを見せつけられたような気持ちになりながら、ジブリールはミシャリを安心させようと頭を撫でた。

実際、ジブリールが一人で偵察に行くことにしたのは、もう一つ理由があった。

どうせなら、五翼の情報も持って帰りたかった。ユーディウの役に立つかもしれないからだ。

(……本当は)

ユーディウのことを思うなら、ミシャリは三翼に帰さないほうがいいのだろうけれど。

(ミシャリはサイードのことを愛している。……彼のアルファの王子を産むかもしれない)

ユーディウの邪魔になる。

それでもジブリールは、ミシャリを置きざりにする気にはどうしてもなれなかった。

(オメガにあんな扱いをするところには、置いていけない)

自分の枕と、ミシャリにも枕を借りて、人が眠っているようなかたちに自分のベッドを設《しつら》える。

そして昼間シーツでつくったロープの先に髪飾りを結わえて重りにし、窓目がけて投げた。何度か試みると、上手く格子に引っ掛かってくれた。強く引っ張って強度を確認する。

そんなジブリールを、ミシャリはきらきらした瞳で見つめていた。

「……凄い。こんなことができるなんて……」

「まあ、昔取った杵柄《きねづか》っていうか？」

野盗をやっていたのだとはとても言えずに、ジブリールは笑ってごまかした。

「じゃあ、行ってくるから。何かあったらなるべく上手くごまかしておいて」

「頑張ります」

ジブリールはロープを登った。ひさしぶりのことで、だいぶ腕が鈍ったのを感じる。それでもどうにか窓までたどり着くと、外が見えた。

(え……地面……っていうか庭……？)

閉じ込められていたのは、地下室だったのだ。

ジブリールはかなり驚いたが、しかしさいわいではあった。もしかしたらここが二階や三階で、窓の外はすぐに城の外壁、足がかりもない——ということもありえたのだ。

格子のあいだをどうにかすり抜け、地面に降り立つ。

振り向いて、心配そうに見上げているミシャリに、大丈夫、と指でサインを送った。そしてロープを回収し、歩き出す。

（脱出経路が見つかるといいんだけど……。あと梯子か縄梯子みたいなものが……）

ここは五翼のどのあたりになるのだろうか。庭から城の裏側へ出られる門があるのではないかと思うが、おそらく見張りがいるだろう。

（そいつを倒して……って、無理かな……少なくとも素手じゃ……）

五翼と四翼は別棟だが、隣り合ってはいるはずだ。そっちの方角に出られれば、一番いいのだが。

（四翼は、たしかこっち側……）

建物や樹の陰に隠れるように屈《かが》みながら、庭を進む。

そのときふと、微かな話し声を聞いた気がして、ジブリールは足を止めた。

見まわりかと冷やりとしたが、声は建物の中から聞こえてくるようだ。

（……この上か）

庭に面した部屋の窓が開いているのだ。

ジブリールはそのすぐ下まで行って、そっと耳を澄ました。

「――ここへは来ないように申し上げたでしょう」

（……え、この声って）

聞き覚えがある。

（アーメッド教授だ）

そういえばこのあたりは、ジブリールが連れ込まれた研究室になるのではないだろうか。そこに誰かが訪れている……？

ジブリールに対してはあれほど不遜《ふそん》だった男が、なんだか遜《へりくだ》っているというか、相手に対して気遣っているようでもある。

（誰と喋ってるんだろ。……よく聞こえない）

そう思ったときだった。

「……殿下。用があるときは使いを寄越してくだされば、こちらから伺いますと」

アーメッドが呼びかけた敬称に、ジブリールは耳を疑った。

（へ……っ？）

殿下？

五翼で殿下といえば、第五王子コルカールのことだ。王子がわざわざアーメッドの研究室まで足を運んでいるということだろうか？

ジブリールはつい背伸びをして、窓の中を覗いてしまう。

室内には、アルファにしては地味な少年がいた。顔を隠すような黒髪のせいだろうか。ユーディウやサイードのような、アルファらしい輝きや覇気のようなものが見えず、どことなく薄暗い。

こういうアルファもいるのかと思う。

（意外と外見じゃわからないものなんだな……）

コルカール王子が口を開く。

「……ごめんなさい……。それでは間に合わないと思って」

「間に合わない？」

「……発情期が来そうなんだ」

（ええ!?）

その科白を聞いた瞬間、ジブリールは声を上げてしまいそうになった。慌てて自分で自分の口を押さえる。

（発情期……!?）

コルカールは、五翼の王子ならアルファのはずではないのか。一翼から九翼まで、それぞれの宮をあたえられているのは、アルファの王子だけのはずだった。

アルファなのに、発情期が来る……なんてことがあるだろうか。

（まさか）

ありえない。

ということは、そもそも第五王子はオメガだったということに……？

そう考えると、王子の外見から受ける印象はしっくりくるような気もする。

（でも、オメガをアルファと偽るなんて、できるんだろうか？）

発情期さえなければどうにかなるのかもしれない。だが、どうしたって三カ月に一度は、それは訪れる。抑制剤で抑えることは可能だが、漏れ出るフェロモンまで完全に消すことは不可能だし、宮殿には他に何人もアルファの王子や貴族たちもいるのだ。隠しきれるものではない。

それにいくらアルファのふりをしたとしても、たとえば発情したオメガが近くにいてもそのことに気づかない――などという、アルファでないことがばれる状況もいくらでも起こりうる。

「まだ、次までには間があったはずですが」

「……ごめんなさい」

（って、謝るようなことなのか？）

オメガ自身が自分で発情の時期をコントロールできるなら、苦労はないのだ。にもかかわらず謝るなんて、ずいぶん気弱な王子もいたものだと思う。

「フェロモンの変化は感じませんね。新しいフェロモン調整剤が効いたということか……」

と、アーメッドは呟いた。

（フェロモン調整剤……？）

文脈からして、オメガのフェロモンを抑える薬ということだろうか。

（そんなもの、あるんだ……）

というより、この教授が研究開発したのか。

そんなものがあるのなら、オメガをアルファと偽ることも、もしかしたら可能かもしれない。

（本当に凄い研究者なんだ）

ユーディウの命の許、四翼でイスマイルがオメガについて研究してはいたけれども、とてもフェロモン調整剤などを開発するようなところまではいっていなかった。

「……お願い、薬をください」

コルカールの願いに、アーメッドはため息をついた。

「抑制剤は合わないと言っていたでしょう」
「……大丈夫だから」
「ほう……苦しい思いをしても、発情を抑えたいと」
言葉に苛立ちのようなものが混じる。コルカール
は黙り込んだ。
ふいに、アーメッドがコルカールの手首を摑み、
診察台の上に押し倒した。
(ええ……!?)
ジブリールは今度こそ本当に声を漏らしそうにな
った。どうにか堪えた自分を褒めたいほどだった。
「打つ必要などないでしょう」
と、アーメッドは言った。
「や……やめてくれ……っ」
コルカールは弱々しく抵抗するけれども。
「何故」
「こんなことをしたって……っ、どうせ……」
「——どうせ孕まないから、ですか」
(孕む……!?)
ますますわけがわからなかった。
ただ、何かとんでもないことを聞いてしまってい
ることだけはわかって、心臓がばくばくと音を立て
る。
「……もう、何年もたつのに、……これ以上続けて
も……」
「王妃様に、そんな報告ができるとでも思うんです
か?」
「……母上だって、もう現実を知るべきなんだ。い
くらなんでも無理だって……」
「これまでばれることなくやってこれたでしょう。
そもそもあのかたがこんなことを思いつかれたのは、
十年以上も前のことなのですよ。それほどの執着を
諦めさせるなど無理なこと」
「——……」
コルカールは頑《かたく》なな顔で黙り込む。アーメッドは
ため息をついた。
「たしかに、もう何年も続けているのに、一度もで

きたことがないんですからね。アルファの男子どころか、ベータやオメガさえ。あなたが絶望するのもわかりますが」

「……ごめんなさい」

「だが、機能に問題があるわけじゃないことはたしかなんだ。今回もできないとは限らないでしょう？　今度こそ王妃様にいいご報告ができるかもしれない」

（……）

ジブリールは混乱する。

（ええと……コルカール王子が実はオメガで……教授はもうずっと前から王子に子供を産ませようとしている……？）

何のために。

（……って、決まってるじゃないか）

おそらくアーメッド教授はアルファなのだろう。

そして、実はオメガであるコルカール王子とのあいだにアルファの男子を儲け、王統を継がせようと企んでいるのだ。

王子がオメガであることさえ隠しおおせれば、それで最終的な帳尻は合うことになる。

（……でもそれはコルカール王子の性別を偽ってるってことで……）

大胆過ぎる擬態だった。

ゆるされることなのだろうか？

「やめて……！」

服を脱がそうとするアーメッドに、コルカールは弱々しく抵抗する。

（……王子のほうは、嫌がってる……？）

これまでの会話からもそれが察せられ、ジブリールは自分が犯されたときのことを思い出さずにはいられなかった。

（でも……何年も続いている関係なら、まったく合意じゃないってわけじゃないよな……？）

いや……抵抗できないのか？　秘密を知られているから？

（コルカール王子自身は抑制剤を欲しがっていたし

……）

もし嫌がっているのならたすけてやりたいとは思うが、邪魔をしたら見つかってしまう。

ジブリールはこの情報をユーディウに届けなければならないのだ。拘束されたら、それができなくなる。

「……やっぱりよくない。……こんなこと、……好き同士でもないのに……」

その呟きに、なんだか切ないものを感じて、ジブリールははっとした。

「今さら何を仰るのやら」

アーメッドは手を止めた。

「私たちは運命共同体ではないですか。あなたが玉座を得るために、これまでどんな無茶をしてきたと思います？」

「……」

「……私がいやなのはわかります。ですが、仕方がないでしょう。五翼には私以外にアルファはいないのだから」

やはり彼はアルファだったのだ。

「それにしても、急にそんなことを言い出すなんて……」

アーメッドはコルカールの頬にふれた。

「誰か、他に好きな相手でもできたんですか？」

「そんなもの……できるわけがないだろう。出会う機会もないのに」

「そうでしょうか？　五翼から滅多に出なくても、宮には屈強な兵士もいれば可愛い侍女《じじょ》もいる。相手にはこと欠かないでしょう」

コルカールがふいにアーメッドを平手打ちにした。

その鋭い音に、ジブリールは息を吞む。

けれどもコルカールの顔は怒りよりも、今にも泣き出しそうに見えた。

はっ、とアーメッドは笑った。

「本当に誰もいないのならかまわないでしょう。私が相手でも」

「おまえだって……僕のことが好きなわけじゃないだろう。それなのに……っ」

アーメッドは答えなかった。再びコルカールの服を剝ぎ取ろうとする。

コルカールは弱々しく、けれど懸命に抵抗した。

「やだ……っ、母上が好きなら、母上とすればいいだろう……っ」

（えっ――）

ジブリールはまた瞠目《どうもく》した。

（……そういうこと……なのか？）

アーメッドはコルカール王子ではなく、王妃のことを愛しているのだろうか。

コルカール王子をアルファと偽り、彼とのあいだに子まで儲けようとしているのは、王子のためではなく、王妃のためなのか。

（このたくらみの主犯は王妃様で……？）

でも。

（……でも、教授の好きな人を気にするってことは、王子の気持ちは）

「何を馬鹿なこと」

と、アーメッドは言った。

ジブリールは彼が「好きなのはあなたです」と言うのかと思ったけれども。

「私と王妃様が寝ても、アルファの男子ができるわけがないじゃありませんか」

コルカールが顔を歪《ゆが》めた。

「……っどうせ僕とだって、何度したって……」

「わからないでしょう、次こそは」

「きっと神様が怒ってるんだ」

「そんなことはありませんよ。神様なんて、非科学的だ」

「母上に好かれるために、僕を利用しないで……！」

「何を言って」

「知ってたんだ、二人が愛しあってること。……僕とするのも母上の野望を叶《かな》えるためで」

「何を言っているんです。私はあなたのために」

「それとも自分の子を王にするため……!?」

ほとんど無表情だったアーメッドの顔が歪む。彼は何か言いたげに口を開いたが、結局何も言わないままコルカールから目を逸らす。

その視線が偶然——否、むしろ当然、窓の中を覗き込んでいたジブリールを捉えた。

「おまえは……!」

目が合って咄嗟に逃げようとしたが、あまりの動揺に、急には足が動かなかった。

突進してきたアーメッドに腕を掴まれ、乱暴に部屋へ引きずり込まれる。かと思うと背中を壁に叩きつけられた。

「ぐ……ッ!!」

ジブリールは床に崩れ落ちた。痛みに耐えて顔をあげれば、アーメッドが自分を見下ろしていた。

「……あの牢を抜け出してくるとはな」

「……っ」

「この城から逃げるつもりだったのか。だが、聞かれたからには、生かして出すわけにはいかない」

彼は喉で笑った。そして懐から小壜を取り出し、片手で蓋を開ける。ジブリールはひっと引き攣《つ》れたような声をあげてしまう。

「飲め」

ジブリールは首を振った。

アーメッドはジブリールの顎を掴むと、ぎりぎりと力を込めて開かせようとした。口許に壜を押し付けてくる。

「んん……っ」

ジブリールは逃れようとしたが、アーメッドの力は強く、背中の痛みもあって力が入らない。

「ジブリールっ……!!」

そのとき、ふいに自分を呼ぶ懐かしい声が聞こえた。ジブリールは目を見開く。瞳にぶわっと涙が浮かんだ。

飛んできた剣がアーメッドの腕に刺さり、彼の手がジブリールから離れた。薬壜が床に落ちて転がった。

「王子……っ!!」

ジブリールは叫んだ。

窓を越えて飛び込んでくるユーディウの姿があった。

「王子……」

「貴様、ユーディウ王子だな」

血が滴る腕を押さえながら、アーメッドは言った。

孔雀宮の華の顔は彼も知っていたようだった。

「そうだ。私のオメガを返してもらいに来た」

「私のオメガだって？　おまえは三翼のオメガじゃなかったのか」

アーメッドはジブリールへ視線を落とす。

「ちょっと跳ねっ返りなのでね。困っているんだ」

ユーディウは肩を竦めた。

「ジブリール……無事なようでよかった」

「王子……」

ぼろぼろと涙が零れる。

（たすけにきてくれた……）

何故とか、どうしてここがわかったのかとか、ぐるぐると頭を廻る。でも今はどうでもよかった。

「泣き顔も可愛いな」

「な、何言ってるんだよ……っ」

ユーディウは笑った。そして診察台の隅にうずくまり、身を固くしているコルカール王子に視線を落とした。

「……ひさしぶりだな、コルカール。……というほどでもないか。数カ月前に、父上の宮で会ったからな」

「……」

「それにしても、その姿はいったい？」

コルカールはほとんど脱がされた服の前を掻きあわせ、しかも頬が上気してどこか艶《なま》めかしい。「アルファの王子」としてユーディウが違和感を覚えるのも当然だった。

アーメッドが舌打ちする。

「オメガのためにここまで乗り込んできたのですか、まさか?」

彼は嘲るように問いかけた。コルカールからユーディウの目を逸らさせ、自分のほうへ向けようとするかのようだった。

「まさか——というほどのものでもないと思うけどね。ジブリールを返してもらおうか」

「そういうわけにはいかないんですよ」

アーメッドの意識もまたジブリールから逸れる。それがわかった瞬間、ジブリールは彼の脚に思いきり体当たりした。

「うわっ——!?」

アーメッドが転倒する。ユーディウはその隙を逃さず、起き上がろうとした彼の首筋に剣を突きつけた。

アーメッドは壁際に座り込んだまま、身動きが取れなくなった。

「勝負あったな。……ジブリール」

ユーディウに促され、ジブリールはユーディウのベルトを借り、アーメッドの両手を後ろ手に縛った。

「——殿下……!!」

アーメッドは射殺すような目でユーディウを睨めつけながら、コルカールに言った。

「人を呼んでください。非常用ベルの場所は知っているでしょう」

けれども身体が竦んでいるのか、コルカールは動かない。

「殿下、早く……!」

「さあ……呼んでも来るかな?」

だが、ユーディウは言った。

「聞こえないか? 城内の騒めきが」

「——……!」

言われてみれば、たしかに騒がしかった。金属のぶつかる音や、鬨《とき》の声のようなものまで聞こえる。

にやりとユーディウは笑った。

「今頃は、三翼のオメガも保護されているだろうよ」

（！　もしかして、サイード殿下も来ているのか……！）

何故そんなことが起きたのかはわからなかった。だがジブリールは、ミシャリも救出されているだろうことにほっとした。

サイードの部隊が表から突入したとすれば、城内の警備兵はそちらで手一杯だろう。だが、アーメッドは再度コルカールを促す。

「殿下！　このままジブリールを帰したら、どうなると思うのです!?　殿下……!!」

コルカールは震えながら、それでもはっきりと首を横に振った。

（え……）

どうして。

たとえ無駄だったとしても、彼の立場なら試してみるべきではないのか。けれどもその瞳には、弱々しいながらも意志を感じる。

「……もう、やめよう。……こんなことしたって……」

「殿下……何を」

「土台無理な話だったんだ、オメガをアルファと偽るなんて……！」

自ら口にするとは思わず、ジブリールはひどく驚いた。ユーディウの驚きは、ジブリールの比ではなかっただろう。

「なん……だって？」

目を見開いてコルカールを見る。

「オメガ……？　おまえが？　いや、言われてみれば……」

ユーディウの顔に激しい困惑の色が浮かんだ。

「……まさか、本当に……？」

「……」

「何故そんな無茶なことを……！」

「王子は錯乱しているのです……！　国王陛下から五翼を賜《たまわ》っている王子が、オメガなはずはない……！」

アーメッドの言葉に、コルカールは首を振った。

「……僕は……オメガだ。王にはなれない」

「殿下……!!」

コルカールはユーディウのほうを見た。

「騙していてすみませんでした。……でももとはといえば、母上がこんなことをはじめたのは、兄上の……いや兄上の母上のせいなのです」

「私の母の……？」

ユーディウは眉を寄せる。

「……父上は、ただでさえユーディウ兄上の御母上を寵愛していらした。それが一人のみならず二人も子を産んで……二人目までもアルファの男子だとわかったとき、母上は危機感のあまり壊れてしまわれたのです。……もともと薄かった父上の寵愛を、決定的に失うかもしれないという思いで……」

王妃の気持ちは、ジブリールにも共感されてならなかった。愛する人の心を他人に渡したくないという気持ちは、きっと身分の上下にかかわらず同じなのだろう。

だが、だからと言って、何をしてもいいというわけではない。

（……そのためにコルカール王子は……）

「だから母上は、僕のことをアルファだと偽ったんです」

このおとなしそうな王子にとって、それはどれほど辛いことだったか。

「……そんなことが、可能なのか」

まだ呆然と、ユーディウは問いかける。

「普通なら、できるはずがありません。……でも、アーメッドがいた。母上は湯水のように研究費を渡し、アーメッドはそれを使っていろいろな薬を開発した。フェロモン調整剤、発情抑制剤、強制発情剤も」

フェロモンをある程度制御できたからこそ、これまでオメガをアルファと偽って生きることが可能だったのだ。それがどれほどの苦労をともなうものだったとしても。

「そんなものまで……」

ユーディウはなかば呆然と呟いた。

「何故ジブリールたちを攫った？」

「実験に使うためですよ」

答えたのは、アーメッドだった。コルカールの暴露で、彼もついに諦めたのだろうか。

「資金は王妃様が潤沢に出してくださったが、金だけで研究はできない。犠牲と頭脳がなければ……。それに目立つようにオメガたちを攫えば、五翼ではコルカール王子のためにオメガを集めているという宣伝……真実をカモフラージュすることにもなる。一石二鳥だったんだ」

「そうまでしてコルカールを玉座に就けたかったのか……？　ばれれば重罪だ。おまえも当然、無傷では済まない。むしろ王族であるコルカールや王妃様よりも、はるかに厳罰が下される可能性が高い。……それなのに」

息を呑んだのは、アーメッドよりコルカール王子だった。

「あ……アーメッドは悪くないんです……！　母上に強要され、僕に同情してくれただけで、だから罰するなら当人である僕に……！」

「おやさしいですね」

ふっとアーメッドが笑った。

「でも、それでは生きていけない」

そして彼はユーディウに言った。

「これから私たちをどうするつもりです」

「……父上に、ご報告しないというわけにはいかないだろうな」

「取引をしませんか？」

「取引？」

「材料は、私の研究のすべてです。資料となるものはすべて私の書斎にある。それを渡すのと引き換えに、王子のことには口を閉ざしてもらいたい」

アーメッドの研究資料があれば、オメガのフェロモンを制御することができる。ユーディウの計画の一つである発情抑制剤の量産もできるようにかもしれない。

　それは至宝だった。

「コルカール殿下をゆるして差し上げて欲しい。今聞いたとおり、殿下は本当はアルファではない。あなたのライバルになることはない」

　ユーディウの視線がコルカールへ落ちる。

「御兄弟の情に免じて」

　ユーディウは、縋るような瞳をしたコルカールと見つめ合う。そのまましばらく考えていたユーディウは、やがて言った。

「わかった。資料はどこにある」

「その向こうだ。ジブリールも来るがいい。二人きりで残して、殿下に何かされてもことだからな」

　別にコルカールに危害を加える気などない。だが、なるべくユーディウの近くにいたいのと、アーメッドの資料に興味があって、ジブリールは彼らについていった。

　アーメッドが重そうな書棚をいとも簡単に横へすべらせると、その向こうに隠し扉が現れる。

　扉は引き戸になっていた。縛られたままのアーメッドのかわりに、ユーディウがそれを開く。

　中は小さな部屋になっていて、四方は書棚に囲まれていた。その量に圧倒された。

　ふと、違和感に気づいたのはそのときだった。

　アーメッドがじりじりと立ち位置を移動させていたのだ。

「ユーディウ……!!」

　ジブリールはなかば本能で、ユーディウに飛びつき、押し倒した。

　爆音が響いたのは、その直後だった。

　爆風に飛ばされそうになりながら、ユーディウの上に身を伏せる。

　ようやく顔をあげたときには、部屋の隅にアーメッドが倒れていた。

（今、のは……）

ジブリールにもよくわかってはいなかった。だがおそらくこの部屋には、最初から爆発装置が仕掛けてあったのだ。

だが、そんなことより、

「ユーディウ、大丈夫……!?」

「ああ、おまえこそ」

「俺は大丈夫だけど……っ」

「アーメッド……!!」

コルカールが駆け込んで来たのはそのときだった。

「なんてことを……!!」

彼はアーメッドの傍に跪いた。

「自爆しようだなんて、どうして、こうまでして母上を……!?」

コルカールの瞳からぼろぼろと涙が零れた。アーメッドがゆっくりと手を上げて、その頬を拭う。

「王妃様には、大恩がある……。私が大学を逐《お》われたときに拾ってくださったのは、あのかただった。

……だが、私が守りたかったのはあなただ」

「アーメッド……？」

「純粋でやさしいあなたを守りたいと思った。……だがたくらみを……はじめてしまった以上、玉座に就くしか安全はありえない。王になるのがあなたの命を守ることだった。——ユーディウ殿下。あなたがアルファの王子でありながら、オメガのために乗り込んでくるとは思わなかった」

アーメッドは自嘲的に笑った。

「ジブリール。おまえはしあわせなオメガだ。……それにくらべて……」

彼は天を仰《あお》いで深く呼吸した。

「すべては私が計画したこと。王妃様もコルカール殿下も犠牲者です。そういうことにしてはもらえませんか」

ユーディウは答えようとして口を噤《つぐ》む。

裏切った舌の根も乾かないうちに申し出られても、頷くことなどできはしない。けれどか弱いとしか見えない異母弟を見れば、簡単に拒否もできないのだ。

「――承知した」

と、やがてユーディウは口にした。

「ありがとう」

アーメッドは頷いた。彼の手がゆっくりと上がり、コルカールの頬を撫でる。

「……あなたと私の子を王にしたかった、……のは、私の夢だった」

そしてぱたりと力を失う。

「アーメッド！　アーメッド……!!」

医師の名を呼ぶコルカール王子の声がいつまでも響いていた。

12

ジブリールとユーディウは、その後駆け込んで来たサイードとミシャリたちと再会した。

彼らが五翼へたどり着けたのは、攫われるときに馬車から撒《ま》いた「粉」を見つけてくれたからだった。

「ジブリールのおかげです」

とミシャリは言ってくれるけれども、

「実際にやってくれたのはミシャリだし……」

ジブリールはあのとき殴られて、意識を保っていられなかったのだ。帯に仕込んだ「粉」を目印がわりに撒くように指示だけして、すぐに昏倒《こんとう》してしまった。

(上手く伝わっていてよかった)

粉が足りなかった分は、ミシャリが自分の首飾りの珠《たま》まで使ってくれたらしい。

二人が五翼に囚《とら》われていると確信したユーディウとサイードは共闘し、サイードは正面から兵を連れて陽動、ユーディウは少数精鋭で四翼側から侵入した。

「何がさいわいするかわからないな?」

というユーディウの言葉に、ジブリールはびくんと身を竦める。「粉」とは、即ち発情抑制剤——四翼から盗んだものだったからだ。

だが、ユーディウはそれ以上、ジブリールをそのことで咎めはしなかった。

ただ、四翼へ連れ帰られてから、怒鳴られた。

「この馬鹿っ、なんて無茶をするんだ、おまえは……!!」

「ご……ごめんなさい」

素直に謝罪が口を突いて出た。ユーディウが本気で心配してくれていたのが、伝わってきたからだ。

ふいにまた涙が零れた。

「王子……っ、ごめんなさい……っ」

「大丈夫だったか？」

「ん……うん……っ」

「……よかった、無事で」

ユーディウはそう言って、ぎゅっとジブリールを抱き締めてくれた。彼の身体に包まれた瞬間から、もうほとんど喋るのも無理なほど、嗚咽《おえつ》が込み上げてきた。

「……っ……っ、て……っ」

「……なんて言ったのか、わからないな」

「……えっ、……えっ、……して、くれるって、思わな……っ」

捜してくれるとは思わなかった──そう告げると、ユーディウは言った。

「馬鹿。捜すに決まっているだろう。おまえがいなくなって、私がどんなに驚いて、ショックを受けたと思う？」

「……ごめんなさい」

ユーディウのためにと思ってしたことが、こんなにも大ごとになり、彼に迷惑をかけることになってしまって。

「オメガにとって外がどんなに危険か、おまえにもわかっているだろう。それでも逃げ出したいほど、私のことが嫌いになったのかと」

「そんな、……嫌いなんて」

「嫌いじゃない？」

そう問われると、ぽっと頬が熱くなってしまう。

「あんなことをしたのに？」

「そりゃ……、死ぬほど腹が立ったけど……。それで四翼を出たわけじゃないんだ」

「じゃあ何故。他の王子の宮に保護されるつもりだったのか？」

「まさか……っ」

ジブリールは必死で首を振った。

「俺が三翼に行ったのは、王子の役に立ちたくて……っ王子が、オメガでも普通に暮らせるような世の中にしたいって、言ったから」

「やっぱり聞いていたのか」

「……気がついてたんだ……」

「気がついていたというわけじゃない。もしかして、と思っただけだ。私の部屋に、医務所の鍵を盗みに入っただろう？　そのときに、イスマイルとの話を聞いたんじゃないかと」

「……うん。三翼にスパイを送り込みたいが、簡単にはいかない、って。でもオメガならなんとかなるんじゃないかと思った」

ジブリールは頷いた。

「――オメガのこと、そんなふうに考えてくれる人がいるなんて思わなかったんだ。オメガだってわかってから、あんな嬉しかったことってなかった。だから……どうしたら役に立てるかって」

「私のために？」

こくりとジブリールは頷いた。馬鹿、とまたユーディウは言った。けれど裏腹に、ジブリールを抱き締める力は更に強くなる。

「十分に役に立ってくれたよ。十分過ぎるほどだ」

「よかった……」

彼がそう言ってくれて、ほっとした。一度はおさまった涙が、また溢れそうになる。

「――だが」

ふいに彼の声が低くなった。

「だったら何故私に相談しなかった？　私が心配するとか、誤解するとか思わなかったのか……!?」

声を荒らげられ、ジブリールはびくりと跳ね上がりそうになった。

「ご……誤解されるかもとは思ったけど……」

「おかげで三翼のことも五翼のこともわかった。五翼は潰れたも同然だ。十分に役に立ってはくれたが……、でももうこんな危険なことはこれきりにしてくれ。気が気じゃなかった。実際、殺されるところだっただろう！　まったくおまえは無鉄砲すぎる……！」

「ごめんなさい……」

でもいろいろあったあとだったし、言えばさすがに止められるだろうとも思ったのだ。

そんなあのときのジブリールの葛藤は、ユーディウも察しているのだろう。

「……いや、私のせいだな」

彼はそう言ってため息をついた。

「……悪かった。もう二度とあんなことはしない」

「え……」

素直に謝られて、ジブリールは耳を疑った。けれども続いた言葉は、更に彼を驚かせた。

「……嫉妬したんだ」

「え」

涙も止まり、一瞬言葉も出てこないほどだった。

「ほ……本当に？」

「意外か？」

「……怒ってるとは思ったけど、……嫉妬って……」

そうではないかとちらりと思ったことはあったけれども。

でも、それじゃあまるで、

（俺のこと好きみたいじゃないか）

そう思った途端、ひどく顔が火照りはじめた。

「だ……だけど俺、イスマイルとは何もないから……！　ファラーシャが勝手なこと言ってただけで」

「ああ」

「だけど疑ってただろ!?　俺よりファラーシャの言うことを信じて……っ」

ファラーシャのほうを信じるんだと思った、そのことにたまらなく腹が立った。

「それは違う。何かあったと思ったわけじゃない」

「嘘」

「本当だ。ただ……わかっていても、どうにもならないときっていうのはあるものなんだな。あのときは、何故そんなにも自分を制御できないのかわからなかったが……あれが嫉妬というものだったんだ」

「……それまで、嫉妬したことなかったの」

「そうらしい」

孔雀宮の華と呼ばれ、誰からも愛され、何でもできたユーディウには、人に恋い焦がれるということもなかったのだろうか。だからこそ、後宮を公平に保つこともできたのか。

（……俺が初めて？）

そう思うと、じわりと胸が熱くなってくる。

「その前から、おまえとイスマイルがずいぶん仲がいいとは私も思っていたしな」

「そんな、でも俺はイスマイルのことは全然そういうふうには」

たしかに、医務所を片付けるのを手伝ったり、新しい部屋を教室として使わせてもらったり、ということはあったけれども。

でも色恋めいた気持ちは、まるでないのに。

「だがおまえは何でもあいつにばかり相談するし、果てには抑制剤をくれとまで――、そんなに私と寝るのがいやだったのか」

「ちが……っ、あ、いや」

違う、と言ってしまうのも気恥ずかしく、つい口ごもってしまう。

「後宮には他にもたくさんオメガがいるし……」

「それがいやだったのか？」

「……いやっていうか……」

いやだけど。

「……ファラーシャが……」

ユーディウに他に好きな人がいるなら、あそこにはいられないと思ったのだ。

（……ほんとは傍にいたいけど）

オメガとしてユーディウの子を産むことを求められたとしても、彼の気持ちが自分にないなら、それはできないと思った。そういうふうには抱かれたくなかった。自分だけを愛してくれるのでなければ、応えたくない。

（贅沢《ぜいたく》過ぎる思いだってわかってるけど）

それでも何か彼の役に立ちたかったから、三翼へ行くことを思いついたのだ。

「ファラーシャに苛《いじ》められたから？　だったら、彼ならもういないよ」

「そういうことじゃなくて……っ、え？　いない？」

ジブリールは耳を疑った。

「どうして？」

「出ていったんだ」

「出ていった……!?　どうして!?」

「わからないけど……見切りをつけたんだろうね」

「見切り……？」

「私が彼の意に添うことはないと」

「意に添うって？」

「彼を愛して、彼とのあいだにアルファの王子を儲け、王位を継がせるということだ」

「え……？」

ジブリールは目を見開く。

「あんたは、ファラーシャが好きなんじゃないの……？」

「何を言っているんだ」

と、ユーディウは深くため息をついた。

「ファラーシャは従兄だし、本来なら私より王統に近かったはずの血筋でもある。尊重はしているが……特別な感情はない」

「じゃあ……」

「おまえが好きだ」

彼は言った。

「おまえが私よりイスマイルと親しげなのが、どうしても気に入らなかった。発情を拒否されたのが、そのせいじゃないかと疑った。自分を止めることができなかった。嫉妬ってああいうものなんだって初めて知ったよ。そういう私の姿を見て、ファラーシャは出ていったんだと思う。……ジブリール。四翼に、私のところに戻ってきてくれないか？」

「……でも……」

戻りたい。

ジブリールの心は震えた。——でも。

「他の子たちもみんな後宮から出す。だから」

ユーディウがジブリールのためにそう言ってくれるのは嬉しいけど。

「で、でも……外に出たらみんな」

路頭に迷うのではないか。自分がしたような暮らしを強いられるのではないか。そう思うと、安易に頷けなかった。

「やさしいな。けっこう苛められたりしたんだろうに」

「……そうじゃない人もいたし……」

外の世界はオメガにとって過酷だ。自分があったような目に、他のオメガたちを遭わせたいとは思えなかった。

「きちんと身を立てられるように考える。実家へ帰れる子は帰して、帰るところがない子には住まいと仕事をあたえるか、他に気に入った相手がいれば添わせてやってもいい」

「……ほんとに？」

「ああ」

ユーディウは頷いた。

「私にとっておまえは、運命のつがいだと思ってる」

「……運命の、つがい……？」

「ああ。おまえがこんな歳になって突然オメガになったのも、私に出会うためだったんじゃないかと」

そうなのだろうか。もしかしたら自分は、ユーディウと出会ったとき、彼とつがうためにオメガとして生まれなおしたのかもしれない？

(王子のため)

また涙が零れた。

「私にはおまえだけだ。これからはずっと」

「……王子……っ」

「私のものになってくれるか？」

「……もうずっと前から、そう言ってたじゃん……」

「ああ。だけど互いに同じ気持ちでなければ、意味がないんだとわかったんだ」

——おまえは私のオメガだろう……！

何度もユーディウにそう言われたし、彼に保護されている以上、ジブリールもまたそのとおりだと思っていた。けれどそれにはどこか釈然としきれていない思いがあったのだ。

「じゃあ、王子も俺のものってこと？」

大胆な言葉に、ユーディウはけれど頷いてくれた。

「王子じゃない、ユーディウだ」

「……ユーディウ」

溢れる涙を、ユーディウは口づけで吸い取ってくれる。繰り返されるそれが次第に唇に近づいてきて、ついにふれた。

何度も小さな音を立てて重ね合わされる。

「ん……っ」

ぞくりとジブリールは身を震わせた。

「あ……」

こんな軽いキスで、変な気持ちになるなんて。

（そういえば……）

ジブリールはそっとユーディウを押しのける。

「どうした？」

「ううん……あの……」

「？」

「……その……さっきアーメッド教授に薬を使われてて……」

「薬？　なんの」

「……強制発情剤……」

ユーディウは一瞬絶句した。

「そんなものまで発明していたのか、あいつは」

ジブリールは頷いた。人格はともかく、彼はたしかに本物の天才だったのだと思う。

「……大丈夫か？　その……体調は？」

「うん……発情しかけてるって以外は……」

答えを口にして、ぽっと赤くなる。

「……ほんとはまだ効いてくるには早いはずなんだけど……」

もしかしたら早い発情が来たのは薬のせいばかりではなくて、ひさしぶりにユーディウに会ったからなのではないかとジブリールは密かに思う。

(前回だって……)

予定より早く発情したのは、ユーディウが近くにいて、彼のフェロモンをどこかで感じとっていたからだったのかもしれないのだ。

「ジブリール」

ユーディウは再び口づけてくる。今度は次第に深くなる。

「ん……」

「……いいね？」

唇が離れた一瞬、問いかけられ、ジブリールは頷く。

その瞬間、ふわりと抱き上げられた。

「ん、ん……っ」

ユーディウのキスがひどく甘く感じられた。口づけをかわしているだけで、身体の奥が疼いてたまらなかった。

やっぱり発情しているのだ。

脚に当たるユーディウのものも、灼《や》けるほど熱くなっている。

ジブリールは無意識に脚を開き、ユーディウの腰を挟みこんでいた。

「お、王子……っ」

「ユーディウだ」

「ユーディウ……っ」

彼に抱かれられるのが嬉しくて、一瞬でも早く繋がりたいと思う。

ユーディウは性急にジブリールの衣を剝ぎ取っていった。急ぐあまり却《かえ》って上手くいかず、強く引っ張られて布が裂ける音がした。

「あ……」

それだけユーディウも、らしくもなく行為を急いているのだと思うと、つい笑ってしまう。

「ジブリール」

ユーディウは軽くジブリールを睨《にら》んだが、彼もまたすぐに笑い出した。

結局ジブリールも協力して、服を脱いだ。

剝き出しにされた後孔に、ユーディウはふれてくる。

「ぁ……っ」

指先で撫でられただけで、蕩《とろ》けるような快感が突き抜け、ジブリールは小さく声をあげた。そこにはぬるぬるとした感触がある。

「ユーディウ、もう……っ、そのまま……っ」

早く繋がりたいのはユーディウばかりではない。

濡れきったそこは既にやわらかく、ユーディウを迎えたがっていた。

「ジブリールっ……」

ごめん、と聞こえた気がした。ジブリールは首を振った。

「いいから……何してもいいから……っ」

早く。

両脚を抱え上げられる。

ユーディウが自らのトーブを捲《まく》り上げ、下着を掻きわければ、怒張したそれが飛び出してきた。

見た瞬間、ジブリールの心臓はどくんと跳ね上がった。

それが後孔へとあてがわれる。布越しで感じたのより更に熱く感じた。狭い窄《すぼ》まりを潜り、ジブリールの中へ挿入されてくる。

「——んあぁぁ……っ!!」

ほんの入り口を潜っただけで、ジブリールは達していた。ふくらみきった先端から、白いものが飛び出し、ユーディウの服を汚した。

「あ……ご、ごめ、ん……」

「何を言っているんだ」

ユーディウは汗ばんだジブリールの額から、髪を掻き上げた。

「少し、緩めて」

「ん、……っ」

ジブリールは力を抜こうとする。けれども気持ちが良過ぎてなかなか上手くいかなかった。少しでもユーディウが動くと、締めつけてしまう。

「あ……あ……っ」

ユーディウが宥めるようにまた口づけてきた。ジブリールの舌を吸い、甘噛みする。そうして蕩かしながら、身体を進めてきた。

「んん、……っ」

隙を突くように中へ入り込んでくる。内襞を擦られる感触に、また飛びそうになった。

「あぁ……あ……深い……っ」

「ジブリール」

名前を呼んでくれる声までが、ひどく甘かった。

「ずっとこうしたかった」

「俺も……っ」

自分の気持ちから目を逸らそうとしてきたけれど、本当はずっとユーディウに抱かれたかった。

「あああ……っ」

納まったと思う間もなく動き出す。長く深く突き込まれ、ジブリールは我を忘れた。

「あ、あ、あぁ、そこ、いい……っ」

なかば無意識に口にすれば、ユーディウは何度も擦りあげてきた。

そうしながら唇で首筋をたどり、乳首を含む。

「あっ――」

途端に痺《しび》れるような快感が走った。身体中、どこをさわられても気持ちが良くてたまらない。

「ふあ……っ、だめ、また……っ」

すぐにいってしまいそうになるのを、我慢しようとする。けれどもユーディウのあたえてくる快感は強烈で、いくらももたなかった。

「あぁ、だめ、いく、またいっちゃう――」

「……っ……」

ジブリールは中のものを断続的に締めつけながら、吐精した。同時にユーディウもまた息を詰めた。

ジブリールの奥深くで、それがどくりと弾けた。

「あ――……」

注ぎ込まれる感覚がたまらなかった。ユーディウが自分の中で達してくれたのが嬉しくて、何度も搾《しぼ》りあげる。

射精したにもかかわらず、ユーディウのものはほとんど萎《な》えなかった。しっかりとした芯《しん》を、体内に感じる。

顔をあげたユーディウと、視線が絡みあう。彼は微笑い、ジブリールも微笑い返した。

「ジブリール」

と、彼は呼んだ。

「うなじを噛ませてくれないか」

「え……」

「一生おまえだけだと約束する。だから、私のつがいになって欲しい」

「あ……」

すぐには何を言われたのかわからなかった。その意味が胸に染みとおると、じわじわと涙が滲んできて、やがてあふれ出した。

「ジブリール」

「ん……うん……っ」

嬉しいのと、涙でそれ以上言葉が出てこなかった。ただ、何度も頷いた。

ユーディウはジブリールに口づけ、繋がったままで身体を反転させた。

「あっ、あっ――」

うつぶせにされ、体内を強く突かれて、ジブリールは背を撓らせた。

ユーディウはジブリールの腰を高く掲げさせ、また動きはじめた。

「ひあっ、あっ、あぅ、あ――」

当たる位置が変わったせいか、ひどく深く感じる。発情した身体は、その刺激を余すところなく受け止

めた。突き込まれるたびに、目の前が白く弾けるような気さえした。

「ジブリール……」

ジブリールは髪を掻き上げ、彼にうなじを見せた。

「……嚙んで」

「ジブリール……」

ユーディウが覆い被《かぶ》さってくる。彼の吐息がふれた。手に手を重ね、しっかりと握られる。

そして彼は、ジブリールのうなじを強く嚙んだ。

その瞬間、ジブリールは昇りつめ、体内にユーディウの迸《ほとばし》りを感じた。

エピローグ

少しずつ涼しくなってくると、ジブリールは午後は庭で過ごすことが多くなってきた。

心地よい風に吹かれながら、書類に目を通す。

あれから三年。

教本をつくり、城外の子供たちにも読み書きや簡単な計算などを教えるという事業は、ユーディウの直轄地において軌道に乗りつつあった。

そこまでくると、特別に高度な教養があるわけではない自分が口を出すのもおこがましい気がするのだが、立ち上げに携わった経緯から、ジブリールは今でも教室の運営や教本の改訂などに関わっていた。

傍ではアブヤドが雛たちを連れて優雅に散歩している。

実は雌だったアブヤドは、多くの瑠璃色《るりいろ》の孔雀たちから美しい羽をひろげて求婚され、そのうちの一羽を選んで雛を産んだ。最初の雛たちも育ってまた雛を産み、孫もいる身になったが、今でもジブリールのあとをついてくる。

（ずいぶん華やかな集団になったなあ）

と、ジブリールは微笑む。

「ジブリール様」

どれくらい集中して仕事をしただろうか。

カミルの声で、ジブリールは顔をあげた。

第二性別が判明する頃になっても、カミルたちは変わらず四翼に勤めていた。

ジブリールがユーディウのつがいになり、彼以外の相手に対してフェロモンを発さなくなったおかげで、成長しても辞める必要がなくなったのだ。

「御昼寝の時間が終わりました」

カミルは小さな金髪の男の子の手を引いていた。

あれからジブリールは、ユーディウの王子を一人産んでいた。

まだ幼いので、当然ながら第二性別は不明だ。

どんな性であっても可愛さや愛《いと》おしさにかわりはないが、やはりジブリールはアルファであってくれたらと思う。

ユーディウに王になってもらうことができる。ハレムを解消したことで、彼がアルファの男子を得る——王統を継げる確率は低くなった。ジブリールのためにだ。

責任を感じないわけにはいかなかった。

「ははうえ……!」

子供がカミルの手を放し、よちよちと近づいてくる。

その愛らしい姿を見ると、頰が緩んだ。

ジブリールは仕事を止めて椅子から降りた。跪いて両手をひろげ、歩み寄ってくる我が子を抱き止める。

「おはよう、シュルーク。よく眠れた? そう」

頭を撫で、

「何して遊ぼうか」

「ぼーるあそび」

「ボール遊びね」

ジブリールは頷き、タミルが持ってきた籠の中からボールを取り出した。

「行くよ……!」

シュルークから離れ、ボールを転がす。それを追って走りはじめたシュルークを追って、ジブリールも軽く走った。

長男はまだ二歳とはいえずいぶん身体もしっかりしてきていて、ボールを両手で摑んだり、蹴《け》ったりもできる。少し遊んでやっただけで、ジブリールのほうがくたくたになるほど活発だった。

ついに座り込むと、転がっていくボールをひろいあげる手が見えた。

「ただいま、ジブリール」

ユーディウが帰宮したのだ。

「おかえりなさい」

顔を仰向け、キスを受ける。今、こうして唇で彼の挨拶を受けるのは、勿論ジブリールただひとりだ。

「早かったね」

「ああ。今日はお客様も一緒だからね」

そう言われてはっとユーディウの後ろを見れば、

「ミシャリ……！　サイード殿下も！」

二人は召使の姿に身を窶《やつ》して、密かに四翼を訪れたのだった。

「ジブリール……！」

ミシャリと抱擁して再会を喜ぶ。

あれから密かに、三翼とは交流が続いていた。ジブリールたちのほうから行くこともある。三翼と四翼は隣り合っているから、人目に立たないように行き来するには好都合だった。

五翼での事件をきっかけに、ユーディウとサイードのあいだには協定のようなものが生まれていたのだ。

どちらかが玉座に就いた場合、もう片方は忠誠を誓う。王になった側は相手を臣下として信じ、粛清を考えない——と。

——もしサイード兄上が王になっても、きっと信頼できる政治を執り行ってくれる。私の政策と近いものが実行できると思うんだ
と、ユーディウは言った。おそらくサイードもまた同じ考えなのだと思う。

「交代だ、ジブリール」

「ようし！　伯父さんたちと遊ぼう！」

ユーディウとサイードが、シュルークと、そしてミシャリとサイードの子の四人で遊びはじめた。ミシャリとサイードは、彼らの子供を連れてきていたのだ。シャルークと同い年の王子だ。何度か会わせるうちに、子供たちはすっかりうちとけていた。

ジブリールとミシャリは、彼らを微笑ましく眺めながら、お茶と菓子をいただいた。

「ほんとに仲良くなったよね。まるで本当の兄弟みたい」

と、ミシャリは言った。

「そうだね」

よちよちと歩いたり走ったり転んだりする姿は、とても可愛い。

こうして子供たち同士が仲良くなることも、平和に繋がる一歩なのだと思う。

こんな時間がいつまでも続けばいいとジブリールは願った。


サイードたち三人は、晩餐を終えてから三翼へと帰っていった。

「疲れただろう」

「でも楽しかった」

部屋へ引っ込み、労《いたわ》ってくれるユーディウに、ジブリールは微笑む。ユーディウの寝室だった場所は、今はジブリールの寝室も兼ねていた。


「そうだ。忘れてた」

と、ユーディウはふいに言った。

「おみやげ」

別室から持ってきて差し出されたのは、山盛りの柘榴《ざくろ》が入った籠だった。

「わあ。ありがとう。明日ジュースにするね」

「ああ」

ジブリールはあれから、一度だけユーディウに付き添われて実家に帰っていた。弟妹たちに会いたかったからだ。

あれほどの仕打ちを受けた家族に会うのは、本当はとても怖かった。ユーディウが一緒に来てくれなかったら、とても帰ることなどできなかっただろう。

けれど再会した家族は、とりわけ父は、地面に頭を擦りつけるようにしてあのときのことを謝ってくれたのだ。

――ゆるしてくれなどとはとても言えないが、私はなんということをしてしまったのかと……

もうそれでよかった。

誰も予想さえしていなかった発情とフェロモンが、人を狂わせた。それだけだと思えた。

アーメッド教授の研究成果のおかげで、薬は量産できるようになってきた。オメガの悲劇は減っていくはずだった。

もう会うことはないかもしれないが、あのとき母親から習った柘榴ジュースのレシピは、家族と和解できた象徴だった。

「ジブリール」

「何？」

「市場でこの柘榴を買ったときに、ふと思い出したことがあるんだ」

ユーディウはジブリールをベッドに座らせながら言った。

「思い出したこと？」

「昔、裏路地でおまえをたすけた日より前に、私たちは出会ったことがなかったか？」

その言葉に、ジブリールは思わず息を呑んだ。

――ありがとうございました……っ、これおひとつどうぞ！

あの日市場で、転びかけたジブリールを支え、袋から零した柘榴を拾ってくれたのがユーディウだった。そのことを、彼はすっかり忘れていると思っていたのに。

「ずっと柘榴を見るたびに、何かが引っ掛かっている気がしてたんだ。だが今日たまたま視察に行ったときに市場で柘榴を見つけて……あのとき会った少年はおまえだったんじゃなかったかと」

「ユーディウ……思い出したんだ」

「やっぱりそうなんだな」

ジブリールはこくりと頷いた。彼が心のどこかにとどめておいてくれて、そして思い出してくれたことが、たまらなく嬉しかった。

「あんなに近くで会っていたんだな」

ユーディウはジブリールの頬を撫でた。

「おまえが十九という歳になって最初の発情を迎えたのは、本当に私のせいだったのかもしれない。私と出会ったせいで、眠っていた性が誘発されたのだとしたら……恨めしくはないか」

「どうして?」

「私と出会わなければ、あんなに苦しい生活をすることもなく、ベータとして普通のしあわせが手に入ったかもしれないのに。そのほうがよかったとは思わないか?」

ジブリールは微笑って首を振った。

「もしあんたに出会ったせいで俺がオメガになったんだとしたら、それが俺の運命だったんだ、きっと」

ユーディウと出会うことが。

「俺もひとつ打ち明けたいことがあるんだ」

「うん?」

ジブリールはユーディウの耳に唇を寄せる。誰も聞いてなどいないのだから、本当はそんな必要はないのだけれど。

そしてとっておきを打ち明けるように囁いた。

「実は二人目ができたみたいなんだ」

「本当か!?」

「今日イスマイルに診てもらった」

ジブリールが頷くと、ユーディウはジブリールを抱き締めた。

「よくやった、ジブリール……!」

立ち上がり、そのままジブリールを抱き上げて踊るように廻る。はしゃぐユーディウにジブリールも嬉しさが込みあげる。

「あんたの方が子どもみたいだ、ユーディウ」

(でも、でも凄くしあわせだ)

笑いながら口にすると、

「すまない。腹の子にさわるな」

ユーディウははっと我に返り、ベッドの上にジブリールをそっと下ろした。

ジブリールは首を振った。

「俺の手柄ってわけでもないと思うけど。……それに、アルファの男子かどうかもわからないし……」

「違ってもかまわない」

と、ユーディウは言った。

「いつかアルファの王子が生まれるかもしれないし、もしかしたら一生授《さず》かることはないかもしれない。どっちだったとしても、きっとそれが運命なんだろう。それなら、それでかまわない」

「ユーディウ……」

「おまえは私の運命のつがいなのだから」

ユーディウはそう告げて、ジブリールの唇に口づけた。

あとがき

こんにちは。今回は「アルファ王子の陰謀～オメガバース・ハーレム」をお手にとっていただき、ありがとうございます。鈴木あみです。

王位継承のために、アルファの男子を儲けなければならなくなったアルファの王子たち。アルファの男子は、アルファ男子とオメガ男子のあいだに最も生まれやすいとされることから、オメガの男子を集めはじめます。

その中の一人、第四王子ユーディウ（アルファ）が、野良オメガのジブリールと出会って、運命のつがいとなるまでのお話です。

因みにアルファの王子たちの名前は、今回の主人公ユーディウ以外、第一王子イマーン、第二王子ニザール……のように、数字と頭文字を揃えています。わかりやすいですね！（笑）

イラストを描いてくださった、みずかねりょう様。大変ご迷惑をおかけしたにも関わらず、物凄く美麗な素晴らしいイラストを本当にありがとうございました。見た瞬間、ため息が出ました！

担当のKさんにも、大変お世話になりました。いろいろあってとても時間がかかり、ご迷惑をおかけして本当に申し訳ありませんでした。

読んでくださった皆様にも心からの感謝を。少しでも楽しんでいただけていたら嬉しいのですが。ご意見ご感想など、よろしければぜひお聞かせください。

鈴木あみ

◆初出一覧◆

アルファ王子の陰謀 ～オメガバース・ハーレム～　／書き下ろし

ビーボーイノベルズをお買い上げいただきありがとうございます。
この本を読んでのご意見・ご感想をお待ちしております。

〒162-0825 東京都新宿区神楽坂6-46
ローベル神楽坂ビル4F
株式会社リブレ内 編集部

アンケート受付中
リブレ公式サイト http://libre-inc.co.jp
TOPページの「アンケート」からお入りください。

BBN B•BOY NOVELS

アルファ王子の陰謀 ～オメガバース・ハーレム～

2018年8月20日 第1刷発行

著者――鈴木あみ

発行者――太田歳子

発行所――株式会社リブレ

〒162-0825
東京都新宿区神楽坂6-46ローベル神楽坂ビル
営業 電話03(3235)7405 FAX 03(3235)0342
編集 電話03(3235)0317

印刷所――株式会社光邦

定価はカバーに明記してあります。

この書籍の用紙は全て日本製紙株式会社の製品を使用しております。

Printed in Japan
ISBN 978-4-7997-3660-9